DESAFIANDO LO DESCONOCIDO

DESAFIANDO LO DESCONOCIDO

ALFREDO E. PHIPPS, JR.

Casa Editorial Phipps

Publicación Casa Editorial Phipps LLC 2022

Primera impresión, 2020

ISBN: 978-1-7358007-0-7 / Ebook: ISBN: 978-1-7358007-1-4

Library of Congress Control Number: 2020918095

Este libro rinde homenaje a todos los que me apoyaron y se convirtieron en una inspiración para mí de diferentes maneras. Ustedes me ayudaron a diseñar los personajes de este libro. Cada personaje es una experiencia de vida por la que todos atravesamos. A mi amada esposa, Yamiri: Tu amor incondicional me sostiene. A mi hijo Joshua G. Phipps, me siento orgulloso de ti. Tambien a Michael y Mikela Gordon, Mis hermanos(a) Aristides, Samuel, Yendi y David, Miguel y Jenifer; y sus respectivas parejas. A mis padres Alfredo y Cristiana Phipps los quiero mucho.

Epígrafe

"El propósito es un elemento esencial para ti. Es la razón por la que estás en este mundo en este momento particular de la historia. Tu misma existencia está envuelta en las cosas que estás aquí para cumplir. Independientemente de lo que elijas para una carrera, recuerda, las luchas en el camino solo están destinadas a moldearte para tu propósito."

-Chadwick Boseman
(1976-2020)

Descargo de Responsabilidad

Contents

Dedicación   v

Epígrafe   vi

Descargo De Responsabilidad   vii

Prólogo   xi

1 No Siempre se Gana   1

2 En un Mundo Paralelo   10

3 Demasiado Difícil para Empezar de Nuevo   24

4 En la Gran Ciudad, Tú Solo   44

5 Pasando las Páginas   62

6 Los Amantes se Reúnen   80

7 Oportunidades   97

8 El Evento del "viernes"   118

9 Propuestas   149

10 Mi Tierra me Llama   162

11 El Garante   169

12 Otra Oportunidad   178

Nota Final 185

Comentario del Autor 187

Prólogo

¿No se les ha ocurrido alguna vez en su vida que a veces, necesitamos adoptar el cambio; e ir en contra de la corriente?

O, a veces, tenemos que dejar las cosas como están y esperar a que salgan bien.

Depende de nosotros decidir la ruta que queremos para nosotros mismos.

¿Qué elegimos? Un arrepentimiento, ¡por no haber tomado la iniciativa cuando era debido!

A menudo se dice que sólo los peces muertos van con la corriente; sin embargo, ¿acaso es así?

¿Podemos hacer que las cosas giren cómo queremos?

¡No lo creo!

En nuestras vidas suceden muchas cosas que están fuera de control; hay casos en los que no logramos nuestras metas o en los que las cosas no salen según nuestros planes.

¿Deberíamos aceptar nuestros fracasos?

Se adjuntan historias de personas de diversas nacionalidades, estatus sociales y edades; desde un adolescente hasta una señora de mediana edad. Todos ellos se han encontrado con adversidades inesperadas en la vida.

Sin embargo, ¿deberían estas adversidades detenerlos de alguna manera? ¿Deberían ceder a las adversidades?

A veces, ellos, como tú, sentían que no podían seguir adelante, que tenían que rendirse o que era demasiado para soportar.

Sin embargo, no siempre es así. El carbón bajo presión se convierte en un diamante.

Esto es lo que la vida espera de los personajes de este libro y de todos nosotros.

La vida pone diferentes cosas delante de nosotros. Es nuestro acercamiento a tales eventos lo que da forma a nuestras vidas. Sin duda, nuestra experiencia nos ayuda a tomar decisiones. Pero la vida es un maestro.

Este maestro nos enseña lecciones.

A todos nos dan un tipo de examen diferente. Estamos sometidos a diferentes tipos de situaciones.

No se trata de que Dios nos ame menos y ame más a otros.

A todos se nos plantean retos en función de nuestras capacidades. Todos nacemos y crecemos en sociedades diferentes una a la nuestra.

Todos tenemos diferentes personalidades y diferentes perspectivas de la vida.

Cada personaje de este libro se enfrenta a un reto diferente.

No basta con decir que uno tiene una batalla más difícil que otro.

¿Cómo se van a producir? Esto está por verse...

I

No Siempre se Gana

"Demos un fuerte aplauso a los Jaguares de Jefferson, a los Cohetes de Roosevelt y a sus increíbles jugadores de baloncesto. A la cuenta de tres: ¡uno, dos, tres!"

La multitud aplaudió y animó a los dos equipos mientras se preparaban para entrar en la cancha de baloncesto.

Todo el mundo pudo escuchar una audiencia entusiasta y su ajetreo desde la cancha de baloncesto de la Escuela Secundaria Jefferson.

Lleno de estudiantes, padres y gente de la comunidad -todos fanáticos del baloncesto- la multitud sabía que este juego sería el que había que ver.

La policía local estaba en alerta y vigilaba las calles cercanas para asegurarse de que todos los asistentes a las semifinales pudieran disfrutar del partido.

Fue un momento de orgullo en la historia de la escuela, ya que era la primera vez que la Escuela Jefferson llegaba a las semifinales del baloncesto estatal.

Entre la multitud había dos orgullosos padres, Pedro y Jésica Johnson.

Gracias a su hijo Ariel, el armador estrella de los Jaguares, el equipo llegó a las semifinales.

Aunque el equipo había perdido algunos puntos en el tercer cuarto, pronto encontró su ritmo y sólo estaba a un punto de distancia de los Cohetes.

Pedro y Jésica se sintieron confiados en que su hijo podría ganar el partido en los minutos finales del último cuarto.

Era ahora o nunca: o bien los Jaguares avanzaban a las finales estatales, o bien su temporada terminaba en la cancha esta mañana. ¡La presión se sentía intensa, pero las esperanzas eran altas!

Aunque el cansancio se estaba instalando en los más jóvenes aficionados al baloncesto, todos se quedaron. La multitud sabía que las cosas podían cambiar en cualquier momento. El juego se había convertido en un auténtico mordedor de uñas.

"Última oportunidad para los Jaguares," anunció el comentarista. Ariel tenía el balón; todos los ojos estaban puestos en él. Si anotaba, los Cohetes estarían acabados.

Las porristas comenzaron a animar a Ariel. "Ariel, todo el camino! ¡Este es tu día! ¡Haznos sentir orgullosos y trae la corona!"

Ariel comenzó a sudar mucho. La cancha parecía una zona de guerra, y él era el llanero solitario. Los Cohetes estaban listos para hacer que sus movimientos fallaran.

Empezó a driblar el balón, y los adversarios empezaron a moverse hacia él. La presión aumentó. Un jugador trató de robar el balón, pero Ariel lo esquivó. La gente del público estaba sudando.

Otro jugador intentó hacer un bloqueo, pero Ariel se movió a su alrededor, todo mientras mantenía un control experto del balón.

Adelantó al jugador para que toda la multitud se pusiera de pie.

Este movimiento asombró a las porristas.

Mientras Ariel se acercaba a la canasta, sin un oponente a la vista, todos contuvieron la respiración. Gotas de sudor comenzaron a formarse en la frente de Pedro. Era como si estuviera jugando en lugar de su hijo.

Todo lo que él podía recordar era su permanencia en la escuela secundaria cuando también era la estrella del equipo de baloncesto de su escuela.

Ariel respiró profundamente y lanzó el balón hacia la canasta.

El balón estaba en el aire, cuando un jugador del equipo de los Cohetes salió de la nada, saltó y golpeó el balón con la mano izquierda, haciendo que se desviara a otra parte. Justo antes de que pudiera entrar en el canasto.

"Y es un canasto perdida."

La multitud se quedó en silencio. Nadie estaba animando, ni siquiera el equipo ganador.

Ambos equipos comenzaron a empujarse hasta que los árbitros rompieron la tensión entre ellos. Todo el tiempo, fue como si hubieran cambiado las mesas.

Se tomó una decisión final y se le dio al comentarista.

"Estuvo cerca. Los Jaguares de Jefferson no pudieron llegar a las finales estatales. ¡Felicitaciones, Cohetes!" dijo el comentarista.

Las porristas de la escuela Roosevelt empezaron a cantar para su equipo, y la multitud que los apoyaban empezaron a aplaudir con gran entusiasmo.

El equipo ganador celebró en medio del confeti.

Tocaron su canción escolar en agradecimiento, que resonó en los pasillos de la Escuela Secundaria Jefferson.

Ariel permaneció en la cancha en estado de asombro.

No podía creer que estuviera tan cerca de marcar para avanzar a la final.

Entre la multitud que celebraba estaban sus padres, que se abrieron paso a empujones entre todos, hasta la cancha donde estaba Ariel.

La gente estaba levantando al jugador que fue capaz de impedir que Ariel anotara un canasto sobre sus hombros. Fue una gran victoria para ellos.

Los Jaguares estaban anonadados. Se dirigieron a las gradas, algunos bebieron agua, otros enfadados, mientras que uno de ellos comenzó a llorar.

Ariel estaba dentro de la cancha, mirando al héroe de los Cohetes. Podría haber sido él, pero parecía un hermoso sueño ahora lejos de la realidad.

"¡Ariel! ¡Querido! ¿Estás bien?" Jésica sacudió a su hijo, devolviéndolo a la realidad. "Está bien, Ariel, eso pasa. ¡Estamos orgullosos de ti!" Su madre lo abrazó, pero Ariel no dijo una palabra.

"¡Háblame, mi campeón!" dijo Pedro.

"Nosotros. Perdidos. Por. Mí. Culpa." Luego rompió a llorar. Sus mejillas se enrojecieron. Estaba devastado y avergonzado.

No pudo hacer que sus padres se sintieran orgullosos; no pudo proporcionar una victoria a su equipo, ni orgullo a la escuela, y no pudo encontrar una respuesta para este contratiempo en un juego que le apasionaba tanto. El baloncesto lo era todo para él, y era algo que practicaba casi todos los días.

Sin embargo, lo que terminó fue el partido y no las críticas. Los compañeros que envidiaban a Ariel tenían una oportunidad perfecta para atacar.

Como todavía consideraban a Ariel un héroe por haber llevado al equipo de la escuela a las semifinales, querían convertir su fama en cenizas.

"¡Perdimos el juego! Sólo por ti. ¡No vales nada!" dijo Alberto.

"¡Lo hiciste a propósito! Querías tener fama por ti mismo. No mereces ser el capitán del equipo," añadió Joel.

Ariel enterró su cara en sus manos. Durante algún tiempo, pensó que tenían razón; no merecía estar en el equipo.

"Ustedes tienen razón; no merezco ser el capitán, voy a renunciar," dijo Ariel con el corazón quebrado.

"Vamos, muchachos; están exagerando. Somos un equipo, y todos perdimos este juego. Podemos ganar esto el año que viene. Fue gracias a él que llegamos a las semifinales," dijo Daniel, tratando de echarlos.

Daniel era otro compañero de equipo. Fue él quien lloró por la derrota. Se levantó de su asiento, abriéndose paso hasta la cancha de baloncesto. Le dio una palmadita en la espalda a Ariel y le dijo: "Hiciste un trabajo espléndido, Ariel. No los escuches. Siempre habrá gente que tratará de invalidarte. ¡Eres mi héroe!"

Alberto se adelantó para golpear a Daniel por tomar el lado de Ariel; sin embargo, el entrenador intervino y detuvo a Alberto tomándole la mano.

"Suficiente, Alberto. ¡Vete a casa! ¡Tus padres deben estar esperarte a ti y a tu hermano!" dijo el entrenador.

No podía permitir más drama en la cancha de baloncesto, especialmente porque ellos fueron los anfitriones del evento.

Alberto intentó decir algo, pero no pudo. Era como si no pudiera reunir el valor para decirlo, y se fue con una expresión de vergüenza en su rostro.

Una vez que Alberto y Joel dejaron la escena, el entrenador se acercó a Ariel y le dio unas palmaditas en la espalda. Las lágrimas corrieron por las mejillas de Ariel. El entrenador dijo: "Fue un buen partido, Ariel. Estaba demasiado cerca. ¡Tuvimos una buena temporada!"

Ariel asintió. No dijo ni una palabra.

El entrenador continuó. "Esto es sólo el comienzo. La próxima temporada será mucho mejor. ¡Confía en mí! No dejes que nada ni nadie te haga perder la concentración. Esta es tu pasión, y gracias a ti, llegamos a las semifinales. Un buen jugador florece en todas partes. Nada puede eclipsar el talento."

"Pero... ¡mira como fallé el tiro! Si ocurrió una vez, entonces puede ocurrir dos veces," dijo Ariel. Alberto y Joel habían aplastado su confianza.

"Mira, Ariel, ¡todo estará bien! Yo he soñado que un día, uno de mis jugadores será un jugador profesional, y veo ese potencial en ti."

"¡Oh! ¿En serio?"

Alguien interrumpió su conversación. Era Joel. Volvió para traer una última agresión verbal contra Ariel.

"¡Entrenador! Él no es nada. ¡Nuestro equipo perdió por su culpa!"

El entrenador interrumpió antes de que Joel pudiera continuar. "Esta no es la forma en que tratas a tu compañero de equipo. Todos ustedes le deben por haber llevado al equipo a las semifinales. No fue antes de Ariel que el equipo pudo pensar en llegar a las semifinales hasta la última temporada." No dejó que nadie hablara, pero continuó: "Anotó más canastos que todos ustedes. El hecho de que haya fallado un canasto no significa que todos puedan decir lo que quieran. ¿Tienes algo más que decir?"

La boca de Joel se abrió, pero luego no salió nada. "¡Vete!" dijo el entrenador.

Se volvió hacia Ariel una vez más. Tenía lágrimas medio secas en los ojos, pero esta vez, contaban una historia diferente.

Se sintió con poder, y estaba feliz de que alguien tomara partido por él.

El entrenador le dio otra palmadita en la espalda y le dijo: "¡En la próxima temporada tendrás más oportunidades de mostrar lo mejor de ti mismo! Es sólo un mal día y no una mala vida. Esto sólo te fortalecerá y sacará lo mejor de ti. Esto es lo que pasa todo buen jugador, y los que no se rinden resultan ser los mejores."

Mientras el entrenador hablaba con Ariel y lo consolaba, sus padres vieron que estaba destrozado y que necesitaba apoyo.

Pedro, su padre, que era contador público, saludó al entrenador y puso su mano en la espalda de Ariel. Dijo: "Ariel, hijo mío, en los juegos no siempre se gana. Lo que se aprende es lo que más importa. Tú y el equipo hicieron un trabajo extraordinario. Llegar a las semifinales no fue un trabajo fácil, pero todos salieron adelante."

Ariel admitió, pero no dijo una palabra.

"No es que seas un mal jugador; nadie puede asumir la culpa. Los oponentes también fueron notables, y todos debemos reconocerlo. Todo saldrá bien la próxima vez, mi superhéroe." Con esto, Pedro abrazó a Ariel, y también lo hizo su madre.

Ariel se secó las lágrimas y dijo: "¡Nunca volveré a jugar baloncesto! Simplemente no puedo."

Sobre esto, su madre comenzó a mover la cabeza mientras que Pedro respondió: "Hablaremos más sobre esto, pero por ahora, sigamos adelante."

Ariel se despidió del entrenador y se fue al automóvil de sus padres.

Se sentó en el asiento trasero y se puso el cinturón de seguridad. Mientras sus padres se despedían del entrenador, algunos compañeros que se iban comenzaron a burlarse de él.

"Fue por Ariel que no avanzamos a la final," dijo Vicente, otro compañero de equipo que practicó con Ariel en su tiempo libre.

"Podríamos haber ganado este partido, pero me acabo de dar cuenta que tenemos un perdedor en nuestro equipo," añadió Luca, otro jugador.

Sus risas y palabras eran como dagas para Ariel.

Cuando vieron que sus padres se acercaban, huyeron.

Pedro y Jésica trataron de consolarlo, pero todo fue en vano. No dijo ni una palabra. De camino a casa, pasaron por la escuela Williams, donde había un letrero que decía:

'Próximo Viernes
Desafiando lo Desconocido
¡No te lo pierdas! Invita a toda tu familia.'

El padre de Ariel detuvo el auto frente a la escuela Williams y le preguntó a un estudiante, un embajador del evento, sobre los volantes que tenía en sus manos.

"¡Hola, joven! ¿Cómo estás?" preguntó Pedro, tratando de iniciar una conversación con el estudiante.

"Hola señor, yo estoy bien. Gracias por preguntar."

"¿Me podrías dar información acerca del evento?"

"Sí, señor. Estamos representando a la Escuela Williams. Nuestra escuela será la anfitriona de un evento llamado 'Uncle P - Desafiando lo Desconocido'. La historia no es sólo para los jóvenes o para los ancianos. Tampoco es sólo para hombres o para mujeres. Es para toda la familia. ¿Le gustaría asistir?" Estaba ansioso por asegurar más audiencia para el evento.

"¿Quién es Uncle P, y qué tipo de historia va a leer?

¿Es una historia de la vida real? ¿Algo relacionado con el propio Uncle P?" preguntó Pedro, intrigado por el joven.

"Uncle P es el nuevo profesor de español de nuestra escuela. Le gusta contar historias y hacer que la gente de sabiduría entienda el propósito detrás de las adversidades y la noción de la vida. Será nuestro principal invitado de la noche. Si traes a tu familia, ninguno de ustedes se arrepentirá. Tienes mi palabra."

El estudiante quería ser lo más persuasivo posible, así que añadió: "Además, es gratis."

Pedro sonrió un poco por su esfuerzo y pidió tres entradas.

El estudiante se regocijó y al entregar las entradas dijo: "No dejen de asistir. Todos ustedes la pasarán muy bien. ¡Se lo aseguro!"

"Sí, asistiremos al evento. Me encantaría escuchar lo que Uncle P tiene para nosotros," dijo Jésica.

"¡Gracias por su amabilidad!" dijo el estudiante mientras se despedía y Pedro empezaba a girar el volante.

Antes de dar un paso atrás, otro estudiante le entregó a Pedro más boletos para otras personas que desearan asistir.

"Anímate, Ariel. ¡Esta historia será interesante!" dijo Pedro.

"Pasaremos un buen rato en familia, hijo mío," añadió Jésica.

"¡No estoy interesado!" dijo Ariel.

El color de la cara de Jésica enrojeció. Sabía que su hijo estaba devastado, y el hecho de que no pudiera ayudarlo la hacía sentir terrible. La mente de Ariel no había salido de la cancha de baloncesto, y Jésica tenía que hacer algo al respecto.

"¡Hijo mío! Me preocupa verte con el corazón tan quebrado. Siempre has sido un buen jugador, y hoy has sido un buen jugador. Es sólo un mal día. Incluso si alguien o nadie te aplauden, no te haría menos jugador. Tendrás tu parte de estrellato y tu popularidad gracias a tu talento. Sé que eso sucederá pronto."

Ariel no respondió. Al ver esto, Jésica perdió el valor de decir algo más. Nada de esto funcionaba.

Ella cerró los labios hasta que llegaron a casa. Al llegar, Ariel se encerró en su habitación. Empezó a hojear las fotos de su entrenamiento, llevándolo a cuando se entrenaba para el baloncesto. El álbum también tenía algunas fotos de Ariel con famosos jugadores de baloncesto. Las lágrimas corrían por su rostro; miró las imágenes una y otra vez hasta que se quedó dormido.

2

En un Mundo Paralelo

Sofía abrochó los cinturones de seguridad de Antonio y Leslie y se dirigió al parque. Ella salió de la calle Hamilton para deshacerse del tráfico, pero la calle fue cerrada por la policía debido a la seguridad de las personas que asistían a un partido de baloncesto que se celebraba en la escuela Jefferson. La gente llenó la cancha con el ruido de una enorme multitud que vio el partido entre los Jaguares de Jefferson y los Cohetes de Roosevelt.

"Mis bebés, tendremos que dar la vuelta. La calle está cerrada," dijo Sofía.

"Pero ¿por qué están cerradas las calles?" preguntó Leslie.

"¡Vaya! Ese estacionamiento está lleno de automóviles.

Debe haber algo emocionante," añadió Antonio.

Mientras los autos emocionaban a Antonio, el cierre de las calles decepcionó a Leslie porque no podían llegar al parque.

"¿Podemos quedarnos un rato? ¿Podemos? ¿Podemos?" Antonio estaba emocionado.

"No, querido, no podemos. No hay parqueos en todos estos

bloques alrededor, y tendríamos que venir caminando. Con este enjambre de gente, no me parece apropiado. Además, no se quiten los cinturones de seguridad mientras conduzco. ¿Entendido?"

"Sí, Capitán. ¡Vamos!" dijeron los dos niños al unísono, y los tres se rieron mientras Sofía daba la vuelta al auto.

Después de dar la vuelta, se alejó del tráfico y del bullicio de la cancha de baloncesto de Jefferson. Giró a otra calle con menos tráfico y la llevó de vuelta a la calle Hamilton.

Vio un letrero frente a la escuela Williams que decía:

'Próximo Viernes
Desafiando lo Desconocido
¡No te lo pierdas! Invita a toda tu familia.'

Sofía redujo la velocidad de su automóvil y le preguntó a un estudiante sobre los boletos y el evento.

"Hola, joven, ¿puedes darme detalles sobre el evento?" preguntó Sofía.

"¿Cómo está usted, señora?" dijo el estudiante.

"Yo estoy bien, gracias. Me llamo Sofía."

"Sofía, el evento es el próximo viernes. Todos nos reuniremos para escuchar la historia de Uncle P. Uncle P es nuestro nuevo profesor de español, un orador motivacional y un escritor notable. Tiene poder en sus palabras. Sus historias tienen algo que enseñar, no sólo a un grupo de edad o a un género, sino a toda la familia. Las entradas son gratuitas y serviremos un refrigerio antes de empezar el evento. Usted y los niños la pasarán bien. Se lo aseguro."

"¿Quiere tres boletos para traer a sus niños?" preguntó el estudiante con voz débil.

"¡Oh! ¿Te refieres a los niños en el auto? No, no son mis niños. Hubiera sido la madre más feliz si lo fueran," dijo Sofía con el corazón quebrado. Estaba en lo cierto, no eran sus niños. Sofía Martínez era sólo la niñera de Antonio y Leslie, una mujer dominicana de cuarenta años que había estado cuidando a los niños por dos años y medio. Ella enviudó a los treinta y cinco años, y ahora Antonio y Leslie eran su única razón para darle otra oportunidad a la vida.

Ella continuó: "Soy su niñera y los llevo al parque todas las mañanas. No pudimos llegar al parque. Por lo tanto, vamos de regreso a la casa. De todos modos, me gustaría tener tres entradas. Veamos quién puede acompañarme a este evento."

"Lamento haberla confundido con la madre de los niños. Aquí están sus boletos. Nos veremos el próximo viernes. Espero que tengas una compañía increíble con usted. No se arrepentirán de haber venido. Puedo asegurarle..." dijo el estudiante. Se sintió avergonzado.

"Gracias por tu amabilidad, cariño. Nos vemos el viernes a las siete." Sofía trató de hacerlo sentir como si nada hubiera pasado. Luego puso su automóvil en marcha y pronto estuvieron en la mansión donde Antonio y Leslie vivían con su padre.

Sofía aparcó el automóvil en el garaje. Las puertas de pasajeros se abrieron y Antonio y Leslie salieron corriendo.

"¡Niños! No corran," dijo Sofía en voz alta.

Los niños habían visto a su padre sentado en el porche y corrían hacia él.

"¡Abrazaré a papá primero!" Leslie gritó mientras intentaba seguir el ritmo de su hermano mientras ambos corrían.

"Llegué primero," respondió Antonio cuando llegó al porche y abrazó a su padre.

"¡Pero yo quería ganar!" Leslie se quejó cuando llegó al porche después de Antonio. Se sentía triste por no poder abrazar a su padre primero.

"Cariño mío, ¿por qué estás triste?" dijo el Sr. Anderson mientras abrazaba a Antonio. Luego se dirigió a Leslie y la besó en la mejilla y le dijo: "No importa, querida. Papá ama a sus dos niños igual." El Sr. Anderson tomó a Leslie en sus brazos y la abrazó fuerte.

"Te quiero, papá."

"Papá quiere más a Leslie." El Sr. Anderson vio venir a Sofía y dijo: "Bienvenida, Sofía. ¿Cómo te va?"

"Me va bien. ¿Cómo le va a usted?"

"Cuando los niños están cerca, estoy más que bien. Gracias por tomarte un tiempo libre para llevarlos al parque."

"No, no tienes que agradecerme. Al contrario, yo debería agradecerle a usted. Disfruto cada momento con sus niños, así que debo agradecerle por darme la oportunidad de cuidarlos," respondió Sofía.

"Eres una dulce dama"

Sofía sonrojó.

"¡Papá, entremos!" dijo Antonio al jalar de las mangas al Sr. Anderson.

"Sí, ¿por qué no, querido? Entra, yo te seguiré." Antonio y Leslie corrieron hacia dentro.

"Ven con nosotros, Sofía," dijo el Sr. Anderson.

"Gracias por invitarme, pero tengo que irme. Tengo algunos compromisos para la tarde." Ella no quería sentirse no invitada en la hora familiar.

"No, por favor no te vayas tan pronto," el Sr. Anderson insistió.

"Está bien, pero sólo por un tiempo, sólo porque usted insiste, Sr. Anderson," respondió Sofía.

"Gracias por tu consideración," respondió el Sr. Anderson con una leve sonrisa.

El Sr. Anderson entró y Sofía lo siguió. Como todo un caballero, abrió la puerta para que Sofía entrara.

"Gracias, Sr. Anderson."

"Un placer, Sra. Martínez."

Cuando entraron en la sala de estar, vieron a Antonio y Leslie saltando en los sofás.

"Mis bebés, por favor, salgan de los sofás. No salten; pueden terminar haciéndose daño," dijo Sofía con gran preocupación.

"Sofía. Se. Quedará. Con. Nosotros. Estamos. Felices," dijeron los niños en intervalos, mientras saltaban sobre los sofás. Los niños amaban a Sofía tanto como ella los amaba a ellos.

Sofía sonrió y el Sr. Anderson impidió que los niños siguieran saltando. Primero se dirigió a Antonio, lo sostuvo por las manos.

"Antonio, baja del sofá."

"Pero papá..."

"Por favor, hijo mío."

"¡Ah, está bien!"

Antonio se bajó del sofá, aunque no quería hacerlo.

"¿Leslie?"

"¡Papá! Pero esto es divertido. ¿Por qué no te unes a nosotros también?" respondió Leslie. No quería parar, y siguió saltando.

"Por favor, Leslie, ¿no eres la mejor hija de papá?" interrumpió Sofía.

"Si Sofí lo dice..." Leslie saltó del sofá. El Sr. Anderson sonrió y besó a su hija.

"Los niños son la mejor creación de Dios," dijo Sofía.

Antonio entonces dijo: "Papá, ¿qué hacemos ahora?" Interrumpiendo la conversación.

"Vayan a sus habitaciones y vean lo que les compre. Luego tráiganlo aquí."

Ambas caras mostraron una gran excitación.

"¡Sí! ¡Gracias, papá!" Antonio corrió a su habitación.

Leslie siguió a su hermano.

Los niños pronto se perdieron de vista.

El Sr. Anderson se dirigió a Sofía. Dijo: "Lo siento. Ni siquiera te invite a tomar asiento. Por favor, toma asiento."

"Gracias." Sofía se sentó en el sofá.

"¿Deseas algo para tomar?" preguntó el Sr. Anderson.

"Sí, por favor."

El Sr. Anderson marcó la extensión para la cocina y les pidió que trajeran jugo fresco.

La empleada doméstica entró con una jarra de jugo de naranja fresco y dos vasos. El Sr. Anderson sirvió jugo para ambos.

Los dos pasaron un buen tiempo. Se rieron y compartieron historias. Sofía le contó sobre el tiempo que pasaba con los niños en el parque y cómo ellos trataban de hacer que se quedaran una hora más.

El Sr. Anderson escuchó todo lo que ella dijo con gran intriga. Compartió historias de su secretaria y sus asociados. También le contó a Sofía sobre sus luchas para llevar a los niños a la cama cuando ella no está cerca.

"Debo confesar que hacía mucho tiempo que no me reía así. Todo gracias a ti, Sofía. Me siento tan vivo; esta conversación me hizo darme cuenta de la diferencia entre vivir y existir." El Sr. Anderson se sintió feliz; su cara se iluminó.

Los niños no volvieron. Prefirieron quedarse jugando con sus nuevos juguetes que unirse a su papá y a Sofía en la sala de estar.

"Es importante que todos se tomen un tiempo para sí mismos. Tal vez sólo dos horas pueden ayudarte a disfrutar de la vida porque un corazón alegre hace que una cara se alegre, pero un corazón triste produce un espíritu quebrantado. La risa es la mejor medicina; incluso yo me reí de todo corazón hoy. Yo también la pasé bien con usted. ¡Gracias, Sr. Anderson!"

"Gracias por pasar tiempo con nosotros, Sofía. Desde la muerte de mi esposa, no me había sentado a pasar tiempo de calidad con una bella dama," dijo el Sr. Anderson. Su esposa había fallecido de cáncer hace tres años, y el dolor había estado en su corazón desde entonces.

Sofía había compartido gran parte de sus responsabilidades de cuidar a sus niños, pero al final, él tenía que desempeñar un papel importante, ya que Sofía no podía estar presente de vez en cuando, aunque se esforzaba por estarlo.

Oliver Anderson tenía cuarenta y cinco años, pero su soledad le hacía parecer mayor. No podía dejar de recordar a su esposa tomando su último aliento en sus brazos. Tenía miedo de empezar de nuevo.

Desde que la Sra. Anderson se fue de este mundo, él comenzó a pasar más y más tiempo con sus seres queridos. Desde la muerte de su amada esposa, se dio cuenta que en un instante el corazón deja de latir.

"¡Vaya! ¿Hablas en serio?" dijo Sofía.

"¡Mm-hum!" El Sr. Anderson respondió.

"Disculpe mi atrevimiento, Sr. Anderson, pero ¿Puedo hacerle una pregunta personal?"

"Adelante."

"En el ambiente que usted se desarrolla, debe haber conocido a alguien especial que le ha llamado la atención. Quiero decir, debe haber conocido mujeres increíbles como abogadas, como empresarias, e incluso en tu círculo social. ¿Por qué no has considerado empezar una nueva relación?"

El Sr. Anderson se quedó en silencio al principio.

"No tiene que responder si no quiere. ¿Está bien, Sr. Anderson?"

Sofía pensó que se había pasado de la raya, pero entonces el Sr. Anderson le respondió: "No, yo responderé. Consideré la posibilidad de iniciar una nueva relación, pero me gusta mantener mi vida profesional separada de mi vida personal. En un ambiente competitivo donde me desarrollo como abogado, yo debería tener mucho cuidado de la mujer que escogiera ya que nunca sabría las verdaderas intenciones que tiene en su corazón."

El Sr. Anderson continuó diciendo: "También, la gente puede malinterpretarlo como una oportunidad para un ascenso. Creo que sería inapropiado dirigiendo un bufete de abogados. Además, esta es mi preferencia. No quiero volver a casa con una esposa con la misma profesión yo, o un trabajo que le impida dar prioridad a su familia."

"¡Has pensado mucho en esto!"

"Sí, lo he hecho. Tampoco quiero que mi esposa trabaje para otra persona cuando yo puedo proveer a mi familia con las necesidades de la vida. ¿Sabes, entre todo, lo que más temo?"

"Oh, ¿qué?" Sofía se había dejado llevar por todo lo que el Sr. Anderson había vertido sobre este delicado tema.

"Temo no encontrar una mujer que ame a mis hijos como lo hizo mi esposa. Creo que este es mi mayor temor. Entre todo lo demás, esta es la razón más grande por la que no he considerado traer a esa mujer especial a mi vida y a la de mis hijos."

"Estoy seguro de que Dios ha reservado a alguien especial para usted, en algún lugar especial de este mundo. Todo lo que tiene que hacer es estar de pie con los brazos abiertos cuando llegue esa oportunidad," dijo Sofía.

"Gracias. Lo tendré en cuenta. Tienes una visión optimista de la vida. Me gustaría saber un poco más sobre esta mujer optimista," dijo el Sr. Anderson con gran interés.

"Claro, pregunte." Sofía tenía curiosidad por saber qué preguntaría el Sr. Anderson.

"Eres una mujer joven, elegante y atractiva. ¿No tienes a ese alguien especial en tu vida?"

"Hum! Una vez tuve a ese alguien especial en mi vida. Era el amor de mi vida, y lo perdí en un accidente de automóvil. Un conductor ebrio negligente destruyó todo mi mundo. Él lo era todo para mí; era mi mundo. La forma en que se fue... Ni siquiera tuvimos tiempo de despedirnos. Desde entonces, me he quedado sola." Sofía tenía lágrimas en los ojos.

"Sofía," dijo el Sr. Anderson. "Nos aferramos a alguien, y luego nos dejan. Se convierten en un recuerdo. Un hermoso recuerdo. ¿Pero sabes cuál es la peor parte? Que sólo existen en nuestra memoria."

Las lágrimas corrieron por las mejillas de Sofía.

"No quise ponerte triste. Siento mucho haberte hecho recordar todo." El Sr. Anderson se sintió mal al hacer que Sofía reviviera su pasado.

"No, Sr. Anderson, fue una de las mejores cosas que me pasaron. Aunque lo extraño, pero extrañarlo sigue siendo hermoso y digno..."

"Eres una dama diferente. ¿Por qué no te das otra oportunidad? Mereces llevar una vida feliz. ¿Por qué no has pensado en formar un hogar y tener hijos?"

El Sr. Anderson pudo ver la tensión en el rostro de Sofía. Parecía que la sangre había sido drenada de su cara.

"Sr. Anderson, ¿podemos continuar esta conversación en otra ocasión? Tengo que irme."

El Sr. Anderson sabía que no era el momento de detenerla. Sofía no se sintió preparada para responder a esa pregunta. El Admitió.

Ella tenía sus razones. Podía sentir su corazón latiendo en su pecho. Ella sabía que alguien haría esa pregunta algún día, y no estaría lista para responderla.

Sofía se levantó del sofá y quiso despedirse de él tan pronto como pudiera. El Sr. Anderson se avergonzó de hacerla sentir incómoda. La atmósfera tenía un aire de inquietud.

"Sofía"

"¿Dígame, Sr. Anderson?"

"No pretendía herirte o hacerte sentir incómoda, pero aun así lo hice. Más de una vez. Lo siento mucho."

"No se preocupe, Sr. Anderson. Sólo tenías unas cuantas preguntas. Eso fue todo. Todo está bien. Fue un placer para mí pasar un tiempo con usted y sus niños. ¿Podrías llamar a Antonio y Leslie para que les dé un beso de despedida?"

"Claro. Espera, los llamaré," respondió el Sr. Anderson.

En lugar de llamarlos o enviar a alguien para que traiga a los niños, el Sr. Anderson fue él mismo. Encontró ese momento para bajar la tensión en Sofía.

Sofía estaba esperando en la sala de estar cuando Antonio y Leslie vinieron corriendo.

El Sr. Anderson los siguió, caminando a su ritmo normal.

"Sofía, por favor no te vayas. Queremos jugar contigo." Leslie le tomó las manos para que no se fuera.

Sofía besó su mejilla y dijo: "Querida, me tengo que ir. Pero volveré el lunes."

"¿Lo prometes?" dijo Antonio.

"Sí, lo prometo."

"Bien, entonces puedes irte."

Leslie puso una cara triste.

"Te amamos, Sofía," dijo Antonio.

"Sofía los ama más," dijo Sofía mientras se ponía de rodillas y abrazaba a los dos niños.

Después de dar amor a los niños, se dirigió al automóvil.

El Sr. Anderson y los niños la siguieron. Mientras estaba sentada en su automóvil, les hizo señas de despedida a todos ellos. Los tres saludaron de regreso.

Mientras Oliver la saludaba, no dejaba de pensar en las preguntas que le había hecho en la sala de estar a Sofía.

¿Cuál sería la razón por la que Sofía no quiso contestar la pregunta del señor Oliver Anderson?

***

En una habitación poco iluminada, la luz del sol brilló a través de las paredes de cristal. Era una oficina hermosa.

Mientras que dos paredes eran de cemento y tenían hermosos

ladrillos grises, las otras dos paredes eran de vidrio y permitían la entrada de la brillante luz del sol.

Todo estaba puesto en la mesa en un espacio perfecto. La mesa tenía todo en forma cuadrada y sólo en blanco y negro.

Desde la taza hasta la libreta de notas, pasando por el portátil y los muebles, incluso los interiores eran una combinación de ambos. Había una acogedora silla negra con la mesa. Un hombre vino caminando hacia la silla y se sentó. Llevaba colores. Un traje de negocios azul esta vez. Se sentó en la silla y comenzó a leer de la pantalla de su portátil con gran interés. Manteniendo sus ojos en la pantalla, movió sus dedos a través de los archivos que habían sido puestos en su mesa de forma ordenada. Todos los archivos eran negros; y las páginas impresas en su interior eran blancas, justo en sincronía.

Ring, Ring.

Antes de que pudiera elegir un archivo, sonó la extensión telefónica de su oficina. En lugar de coger un archivo, cogió el teléfono.

"Habla Jeffrey Scott."

"Hola Jeffrey, habla Jasón."

"Buenos días, señor. ¿En qué puedo ayudarle?" respondió Jeffrey.

"Necesito que vengas a mi oficina lo antes posible. Tengo algunas asignaciones para que las completes en los próximos días."

"Claro. Voy a su oficina de inmediato," respondió Jeffrey.

Jeffrey colgó el teléfono, se levantó de su silla y salió de su oficina, hacia la oficina del gerente.

Toca a la puerta. El gerente vio a Jeffrey a través de la puerta de cristal y le hizo una señal para que entrara. Jeffrey giró la manilla de la puerta y entró.

"¡Ven, Jeffrey; toma asiento!"

"Claro, gracias." Con esto, Jeffrey se sentó en un asiento frente al gerente.

"¿Cómo has estado, Jeffrey?"

"Estoy bien. ¿Y usted?"

"Yo también estoy bien, gracias por preguntar."

"No hay noticias todavía; todo está marchando en orden," dijo el gerente.

"Me alegro, señor," respondió Jeffrey.

"Primeramente, quiero felicitarte por el excelente trabajo que están haciendo," dijo el gerente.

Jeffrey sonrió.

Jeffrey es un exitoso periodista inglés. Había trabajado durante veinte años para el periódico *La Libertad de Londres,* Inglaterra.

Ahora está trabajando para el periódico *La Luz de Washington* en Washington, DC. Este será su cuarto año con este periódico y casa de publicaciones. Periodista profesional e ingenioso, sus entrevistas siempre dejaban al público hablando durante mucho tiempo, y sus palabras zumbando entre las masas. Tenía un nombre respetable en su campo y un legado de mantener a sus jefes contentos. Esta instancia también fue un ejemplo de ello.

Su jefe continuó: "Todo el personal da una muy buena referencia. Siempre tienen algo bueno que decir de ti. Todos te tienen en alta estima y todos cuentan historias sobre cómo tu experiencia les ha ayudado todo el tiempo."

"Me alegro," añadió Jeffrey.

"La compañía también está feliz por el trabajo que estás haciendo. Cada entrevista que realizas deja a las personas con una mayor necesidad de saber más sobre los temas que le destacan. Además, aquí tienes, como un regalo de la empresa. Un regalo por un trabajo bien hecho." Diciendo esto, el gerente le ofreció a Jeffrey un sobre.

"¿Un regalo?" Espero que esto no me meta en problemas."

Jeffrey todavía no había tomado el sobre; el cual, se mantuvo frente a él sobre el escritorio.

"Bueno, si no lo quieres, entonces puedo hacer que lo depositen en mi cuenta. Tampoco quiero nada malo."

Ante esto, Jeffrey respondió: "Un momento, señor. No he dicho que no lo quiera. Sólo quiero asegurarme de que no me costará en un futuro próximo, eso es lo que me preocupa. Gracias por el reconocimiento y el bono, de todos modos."

"También tenemos algunas tareas preparadas para las próximas dos semanas. Consideramos la posibilidad de enviar a otro periodista, pero como no estaba disponible para las fechas, por lo que confiamos en ti para un trabajo bien hecho."

"Bien, entonces, ¿qué tengo que hacer?"

"Requerimos que escriba dos artículos y una entrevista."

"Me parece bien."

"El primero será en un partido de baloncesto. La Escuela Secundaria Jefferson tiene un partido y tendrás que asistir al mismo y escribir para motivar a los padres a que se involucren en el deporte y muestren su apoyo a sus hijos que tienen talento en el deporte."

Esto fue antes del partido de baloncesto que tuvo lugar en la escuela Jefferson. Jeffrey cubriría el mismo partido de baloncesto en el que Ariel participó.

El gerente continuó: "La segunda es una entrevista con la Sra. Amanda Wilson. Todos sabemos que tienes una relación saludable con ella. La entrevista cubrirá su éxito como mujer de negocios. El propósito de esta entrevista será instar a las mujeres jóvenes a que tomen los programas ofrecidos por las organizaciones sin fines de lucro que se esfuerzan por desarrollar mujeres más independientes y exitosas en la región."

"Me encantaría," añadió Jeffrey. Parecía más interesado en la segunda asignación.

"La tercera tarea es un artículo sobre un evento que tendrá lugar el próximo viernes, seguido del partido de baloncesto. Este evento se llevará a cabo en la escuela Williams, llamado 'Desafiando lo Desconocido' por su profesor de español, mejor conocido como 'Uncle P'. Él es un mentor y un orador motivacional. Trata de inculcar el espíritu de optimismo y positividad entre las masas."

"Suena impresionante," dijo Jeffrey.

"Así es. Tiene palabras de sabiduría para todo aquel que lo valore. También te lo pasarás bien en ese evento. No es sólo una tarea, sino que tiene beneficios educativos." Con esto, el gerente sonrió.

"Lo tendré en cuenta," dijo Jeffrey mientras le devolvía la sonrisa.

"Me gustaría saber qué tienes que decir sobre Uncle P y su historia," respondió el gerente.

"Ya estoy deseoso de compartir mi valiosa experiencia con usted, señor. Además, esto suena intrigante. ¡Puedes contar conmigo!"

"¡Muchas gracias! Sabía que lo harías." Con esto, el gerente se levantó de su silla y también lo hizo Jeffrey. Luego añadió: "Tendré que retirarme por el resto del día. Tengo algunos compromisos que atender. No lo olvides, cuento contigo."

Ambos se dieron la mano y Jeffrey se despidió. Conocido por un trabajo bien hecho; una vez que regresó a su oficina, comenzó a planificar y organizar sus asignaciones. Luego, le envió un correo electrónico a su diseñador para informarle de que necesitaba un traje para una reunión especial. Después, tomó su teléfono en la mano y buscó el nombre de Amanda. La llamó, pero nadie respondió a la llamada, así que dejó un mensaje.

"Hola Amanda. ¿Cómo estás? Espero que hayas tenido un buen viaje. Por favor, llámame cuando estés libre, y también, si no tienes ningún otro compromiso, me gustaría invitarte a cenar. Estaré esperando tu llamada. Cuídate."

3

Demasiado Difícil para Empezar de Nuevo

Una mano arrugada sacó el teléfono móvil del bolsillo para ver la hora, sólo para darse cuenta de que no tenía suficiente carga y por lo tanto se apagó.

"¡Oh, oh!" Puso el móvil en el bolsillo de su chaqueta nuevamente.

Amanda se dio cuenta entonces de que también llevaba un reloj de pulsera y no necesitaba un teléfono móvil para ver la hora. Era un hermoso reloj con diamantes. El reloj marcaba la una y quince de la tarde.

Tal vez no era sólo para ver la hora, sino que esperaba un mensaje, o tal vez una llamada perdida -algún tipo de señal de que su familia no la había olvidado-.

Amanda salió del aeropuerto sólo para descubrir que no había nadie que la recogiera.

"Todos deben estar ocupados," se dijo así misma.

Era sábado por la tarde, y vio a la mayoría de la gente salir del aeropuerto y abrazar a sus seres queridos.

"sábado es un fin de semana, y la mayoría de la gente no está ocupada, ni en el trabajo." El rostro de Amanda se entristeció.

"Señora, necesita reservarse un taxi," se dijo a sí misma. Después de un viaje de negocios a Nueva York, Amanda estaba en casa. Llegó al frente de su mansión en un taxi. Su empleada doméstica estaba en la puerta con una amplia sonrisa en su cara. Al verla feliz por su llegada, El pálido rostro de Amanda también mostró una leve sonrisa.

Salió del taxi y le dio al taxista algunos billetes de dólares. "Puedes quedarte con el cambio; y por favor, dale mi maleta a mi empleada doméstica."

"Claro, que tenga una hermosa tarde."

"Tú también."

Amanda entró en la casa, y la empleada doméstica la siguió con la maleta.

"¿Cómo está usted, señora?"

"Estoy bien. ¿Cómo estás, Elisa? -respondió Amanda.

"Estoy bien, señora."

La conversación cayó justo ahí mientras Amanda subía las escaleras.

Elisa dejó la maleta en las escaleras desde donde otro empleado la llevó a su habitación. Elisa fue a la cocina a preparar algo para Amanda.

Amanda observó las paredes mientras giraba a la izquierda hacia el pasillo.

La primera habitación era su dormitorio. Abrió su bolso, sacó las llaves y abrió la puerta. Ella entró, y el empleado la siguió.

"Puedes dejar la maleta aquí e irte," dijo Amanda al empleado.

"Bien."

El salió de la habitación, cerrando la puerta.

Amanda suspiró. Estaba sola. Miró a su alrededor. La habitación sólo abogaba por el silencio. Sin embargo, Amanda podía oír una risa débil. Era familiar. Vino del balcón. Fue a ver quién estaba allí. Cuando abrió la puerta, pudo ver una imagen nebulosa de una mujer joven. Se veía feliz. No había arrugas, ni manchas oscuras.

Era Amanda a los veintisiete años. La miró con asombro.

¿Por qué se estaba feliz?

Luego vio otra imagen nebulosa. Esta vez fue un hombre. Ella podía reconocerlo. Era su exmarido. También era joven. Se acercó a la joven Amanda y la besó en la frente.

Amanda le cogió la mano y dijo: "Será una niña, cariño."

"No podría ser más feliz," respondió su marido.

Al ver esto, la cincuentona Amanda también sonrió. Vivió ese momento una vez más, pero todo desapareció cuando alguien llamó a la puerta de la habitación.

La llamada a su puerta hizo que Amanda volviera a sus cabales. Empezó a ver aquí y allá. Todo había desaparecido. Ella no podía entenderlo. Sólo estaba en su cabeza. Estaba viendo su pasado; era sólo una escena retrospectiva. Las lágrimas comenzaron a rodar por sus mejillas. Esto fue cuando Amanda y su marido estaban esperando su primer hijo.

Alguien ha vuelto a llamar.

"Todo se ha ido." Amanda volvió a suspirar.

"¿Señora? La comida está lista," dijo Elisa.

"Bien. Saldré en un rato. Puedes irte." Se limpió las lágrimas y salió al balcón. Se paró en el mismo lugar donde vio su joven yo, de veintisiete años, de pie. Luego miró sus manos. Estaban todas arrugadas, y la piel no estaba tan apretada como antes. Había envejecido.

"Amanda. Fue hace muchos años; ¿hasta cuándo vivirás así?," se preguntó.

Ella misma tenía la respuesta a eso y nadie más. Dependía de ella empezar una nueva vida, pero ¿cómo podría hacerlo? Había vivido con el amor de su vida durante veinticinco años. Tenían dos hermosos hijos. Todo en su vida era perfecto hasta que descubrió que su marido estaba interesado en otra mujer. Todos esos años, cuando se dedicó a su marido, a sus hijos y a su carrera, ¿en qué resultó?

Su marido la dejó por una mujer más joven que ella. Ni siquiera intentó explicarle las cosas a Amanda o completar los procedimientos. Fue una semana antes de Navidad cuando se fue a California, diciendo que tenía que reunirse con un cliente importante. Dijo que negociarían un acuerdo en una semana y que volvería para víspera de Navidad.

Ese momento nunca llegó. Al día siguiente, después de que el Sr. Wilson se fue, Amanda recibió una carta del tribunal de familia. El Sr. Wilson había pedido el divorcio de Amanda. La citación de la corte devastó a Amanda cuando recibió este aviso. Intentó llamarlo, pero no contestó. El corazón de Amanda estaba destrozado. Ella había estado planeando una sorpresa de bienvenida para su esposo, y él se despidió de esa manera.

Jennifer y Lawrence, sus hijos, llamaron a su padre, pero todo lo que recibieron fue un texto que decía: "Tu madre ha alcanzado esa gran altura de éxito por sí misma. Por lo tanto, no quiero nada de los negocios ni de las riquezas distribuidas. Tomaré mi parte justa del negocio que he establecido. Dile que se presente en la citación. Me reuniré con ella allí"

Esta era la única respuesta que el Sr. Wilson había enviado. Amanda no se enteró de la situación hasta que fue a los procedimientos judiciales. No fue allí para completar el papeleo sino para averiguar por qué el Sr. Wilson la dejó. ¿Qué le obligó a tomar esta decisión?

Cuando llegó a los tribunales civiles, se dio cuenta de que no era una decisión abrupta. La razón había llegado junto con su pronto exmarido. Que también se había sumado a los procedimientos judiciales.

El Sr. Wilson tuvo una aventura ilícita con una mujer de la mitad de su edad. Llevaban tres años saliendo y querían casarse. Por eso el Sr. Wilson pidió el divorcio.

Apeló al tribunal para que los procedimientos fueran rápidos. Dijo que el matrimonio en el que había estado era una relación vacía y que se sentía desconectado de su esposa.

El corazón de Amanda se quebró. No podía creer que alguien que le diera un dulce beso de despedida pudiera ser un enemigo. Ni por un solo momento el Sr. Wilson le hizo sentir que no era suficiente para él o que no estaba satisfecho. Se dio cuenta de lo falso que había sido durante todo este tiempo. ¿Cómo puede la juventud de alguien destruir todo lo que tiene?

Las lágrimas rodaron por sus mejillas nuevamente. Ella trató de hacer contacto visual con el Sr. Wilson para ver si él podía decirle todo eso mientras la miraba a los ojos, pero él no la miró. Lo dijo todo como si fuera un discurso y dejó el estrado.

Amanda se secó las lágrimas de su cara, se levantó y dijo: "Su Señoría, le pido que dé el veredicto lo antes posible. No quiero vivir más con este hombre. Todo terminó." Amanda no podía creer que todo había sucedido. Era una mujer fuerte, pero todos los individuos fuertes tienen sus límites.

Tocan la puerta nuevamente.

"Señora, he servido la comida en la mesa," dijo Elisa y luego se fue.

Amanda estaba de pie en el balcón, pensando.

"Al menos alguien se preocupa por mí," se dijo a sí misma.

Fue al baño para lavarse la cara. Después de lavarse la cara, siguió mirándose en el espejo.

"Tienes que dejar de vivir en el pasado, Amanda." Cerró la llave y salió con una toalla en las manos. Dejó la toalla a un lado y bajó a almorzar. Era la única en una mesa de catorce sillas. No había nadie que se uniera a ella. Miró por toda la mesa. Luego cerró los ojos. Podía ver a su exmarido y a sus hijos sentados en la mesa, y a Lawrence diciendo: "Mamá, ven rápido, todos te estamos esperando."

Clink.

Elisa puso una jarra de agua sobre la mesa.

Amanda abrió los ojos.

"Uf." Con esto, Amanda respiró hondo y se sentó en la mesa. Luego comenzó a comer. Las lágrimas continuaron rodando por sus mejillas mientras comía.

Elisa sabía cómo se sentía Amanda desde que el Sr. Wilson se fue.

"Señora, ¿le gustaría hablar?"

Amanda miró a Elisa, se tragó su comida y dijo: "Siéntate, Elisa. Tengo mucho que contar."

Con esto, Elisa se sentó.

"Ninguno de mis hijos se preocuparon de llamarme o recogerme en el aeropuerto. Tengo dos nietos, pero mira alrededor. ¿Con qué frecuencia ves a Charlotte y Mateo jugando en esta casa?"

"Señora, sus hijos están comenzando un negocio propio. Al igual que usted, deben estar ocupados" -dijo Elisa.

"Sí, puedes inventar todas las excusas que quieras."

Elisa comenzó a mirar hacia abajo.

"¿Y por qué no lo harías? Esos niños siempre han sido muy queridos para ti. Tú estuviste entre las primeras personas que los abrazaron cuando nacieron. Puedo entenderlo. Mira, Elisa, la realidad es que estoy sola. Después de haberme ocupado de todas las responsabilidades -como esposa, como madre y como empresaria- esto es lo que me han dejado."

"Señora..." Elisa tenía lágrimas en los ojos.

"Dímelo tú. ¿Cómo pueden el éxito y la riqueza significar algo para ti cuando no tienes con quien compartirlos? Por todo lo que he logrado en veinticinco años, así es como se me está pagando. Estoy sola. Mi compañera es la soledad y nada más. ¿Dónde he fallado? ¿Por qué me pasó esto?"

Elisa no tuvo respuesta. Amanda dejó la comida como estaba y se fue a su habitación, llorando. Cuando abrió la puerta de su habitación, pudo oír su teléfono sonando. Levantó el teléfono para ver quién llamaba. Era Jennifer, su amada hija.

Esto puso una leve sonrisa en su cara. Ella recogió la llamada. "¡Hola, querida!"

"Mamá, ¿cómo estás? ¿Cómo fue tu viaje? Lamento que no pudimos ir a recogerte."

"Está bien, Jenny. Mi viaje estuvo bien. ¿Cómo estás? ¿Cómo está Mateo?"

La llamada de Jennifer cambió su estado de ánimo.

"Todos estamos bien. Tu hija y tu nieto te extrañan mucho. Queremos ir a visitarte. ¿Podemos?"

"Claro," respondió Amanda. Anhelaba ver a su hija y a su nieto, pero su respuesta no mostró mucha emoción.

Ella podía esperar cómo se desarrollaría esta reunión, así que esperaba con interés ambas cosas. Reunirse con su hija se convertiría en un desafío porque la presionaría para que deje su pasado. Esta discusión continuaría si Amanda seguía sin estar de acuerdo con su hija.

Su hijo Lawrence dejó de visitarla. Puso la condición delante de Amanda de que, si ella se comprometía a dejar los recuerdos de su padre y comenzaba una nueva vida, sólo entonces él seguiría visitándola. Ni siquiera eso fue suficiente para que Amanda abriera un nuevo capítulo de su vida. Ella llamaba a Lawrence todos los días y le decía que lo extrañaba.

Lawrence que fue a los extremos dejó de visitarla.

"Elisa, Jenny y Mateo vienen a cenar. Por favor, hornea las galletas favoritas de Mateo. No te olvides de decorarlas como a él le gustan," dijo Amanda en una voz lo suficientemente alta como para alcanzar a Elisa donde estaba sentada.

Elisa tenía una sonrisa en su cara. "Claro, señora. Ves, tus hijos no te han olvidado. Te quieren mucho."

"Hum." Amanda no dijo nada más.

Su hija la visitaría pronto. Salió de su habitación y se sentó en un sofá en la sala de estar. Sus ojos se volvieron hacia el tictac del reloj. Estaba contando los minutos.

Bii - Bii.

Escuchó un auto tocando la bocina en el garaje. Se levantó emocionada.

Cuando se dirigió hacia la puerta, Elisa ya la había abierto.

Un niño de cuatro años entró corriendo. Corrió hacia Amanda, que estaba de rodillas en su persecución para abrazarlo lo antes posible.

Era Mateo. Amanda lo abrazó, y se dieron un fuerte abrazo. Jennifer y su esposo Brian lo siguieron. Ambos entraron en la casa tomados de la mano y con una amplia sonrisa en sus rostros. Ambos estaban felices de ver el vínculo entre la abuela y el nieto.

"¡Te extrañé, abuela!" dijo Mateo mientras saltaba de alegría.

Lo que pasó después borró la sonrisa de sus caras.

Amanda comenzó a acariciar la cabeza de su nieto y dijo: "¿Por qué, Lawrence? Yo mismo te dejé en la escuela. ¿Extrañas a mami?"

Hubo un momento de silencio. Brian y Jennifer se miraron el uno al otro.

"¿Abuela?" dijo Mateo.

"¿Sí? ¿Qué?" Amanda parecía haber visto un fantasma. Ella se sorprendió. "¿Qué ha pasado?" Amanda comenzó a buscar aquí y allá. Había perdido la noción. Había vuelto a la época en que esperaba que Lawrence regresara de la escuela. Echaba demasiado de menos los viejos tiempos.

Jennifer respiró profundo, tragó y se adelantó.

"Mamá, este es Mateo, tu nieto. Sé que se parece mucho a su tío Lawrence." Con esto, Jennifer sonrió. Trató de aliviar la situación.

"Oh sí, mi nieto." Amanda volvió al presente. Se dio cuenta de lo que había hecho. No dijo ni una palabra. Elisa miraba a Jennifer con sus ojos suplicándole a que hiciera algo por Amanda.

"Señora Amanda, ¿cómo ha estado?" Brian se acercó y abrazó a Amanda.

"Hijo mío, estoy bien. ¿Qué hay de ti?"

Todo el mundo, excepto Amanda, podía observar un espíritu de cooperación dentro de la casa.

"Vamos todos a la sala de estar," interrumpió Elisa.

"Claro," dijo Jennifer mientras todos ellos caminaban hacia la sala de estar.

Amanda se había arreglado para no parecer un desastre emocional, pero sus ojos contaban una historia diferente. Estaba vestida de rojo, y cualquiera podía ver que había llorado.

Brian tomó la mano de Amanda mientras caminaban hacia la sala de estar. Se sentaron en el sofá uno al lado del otro y Brian no la soltó.

"Señora Amanda, la he echado mucho de menos."

"¡Yo también a ti, hijo mío!"

Brian tenía un lugar especial para Amanda. Había perdido a su madre hace unos años, y desde entonces, Amanda había ocupado ese lugar por ella.

Elisa trajo jugos para todos, junto con las galletas favoritas de Mateo. Mateo comenzó a comer las galletas y a sorber el jugo mientras se sentaba en un sofá por su cuenta.

Elisa, que se inclinaba por hacer que Jennifer se quedara a cenar, llamó Amanda aparte.

"Señora, ¿podría concederme unos minutos?"

"Vamos a la cocina, Elisa," respondió Amanda. Siguió a Elisa a la cocina.

"Por favor, haga que la bebé Jenny se quede a cenar."

"Elisa, ¿Todavía la llamas bebé? No te preocupes. Lo haré. Quiero que se quede tanto como tú."

Elisa y Amanda se sonrieron mutuamente.

Durante su conversación, Brian, que estaba preocupado por Amanda, comenzó a señalarle esto a Jennifer. "Mi amor, ¿No te diste cuenta del extraño comportamiento de tu madre? ¿Ella está bien?"

Mateo corría de una esquina de la sala de estar a la otra. Terminó de disfrutar las galletas de la abuela.

"Brian, creo que la soledad se le ha metido en la cabeza. Ella a menudo extraña a papá, y el tiempo que pasó con él."

"Jenny, esto no es bueno para su salud mental y física," respondió Brian.

"Lo sé, mi amor. Ella amaba demasiado a mi padre. Lo amaba con todo su corazón. Ella dedicó y sacrificó toda su vida por mi padre y por nosotros, ¡pero mira! ¿Qué ha pasado? La dejó por otra mujer; no merecía ser tratada así; es sólo que los efectos de su sufrimiento han persistido desde entonces."

"Entonces tenemos que hacer algo por ella. No puede vivir el resto de su vida así," respondió Brian.

"Sí, querido, lo entiendo." Con esto, Jenny se levantó y se dirigió a la cocina.

Vio a Elisa y Amanda cortando vegetales. "¿Qué están haciendo esas dos bellas damas?"

Entró en la cocina con una gran sonrisa en su cara y abrazó a Amanda por detrás.

Elisa sonrió.

"No mucho, querida. Tú y Brian se quedarán a cenar, así que estoy ayudando a Elisa a hacer los arreglos," dijo Amanda, y le plantó un beso en la mejilla a Jennifer.

"Oh, mamá. Nos encantaría quedarnos. Mateo siempre quiere quedarse a dormir en tu casa."

Elisa se deslizó de entre ellas sin que se dieran cuenta.

Este fue un momento perfecto para que mama e hija tuvieran una conversación de corazón a corazón, y Elisa lo entendió bien.

"Mamá, ¿por qué te has puesto al límite?"

Jennifer hizo esta pregunta de la nada. "¿Qué? ¿Qué te hizo decir eso?" Amanda no entendía hacia dónde iba esta conversación.

"Mamá, ahora, necesitas dar un paso adelante y romper los lazos del pasado. Necesitas cambiar tu vida. Has sido la mejor madre, la mejor esposa, y eres un ser humano increíble. No mereces quedarte sola. Papá no pensó ni dos minutos en divorciarse de ti y mírate. Has estado llevando sus recuerdos desde entonces. Tienes que dejarlo ir, de una vez por todas."

Con esto, Amanda tenía lágrimas en los ojos. "Dime hija, ¿qué salió mal? ¿Qué hice para merecer esto?"

Jennifer le secó las lágrimas y dijo: "Mi querida madre, no hiciste nada malo. Eres una mujer talentosa y trabajadora que llevó a su familia a nuevas alturas. Esto incluye a mi padre. Siempre priorizaste a tu familia por encima de todo; lo que salió mal fue que amaste al hombre equivocado. Amaste a alguien que no le importaban los sentimientos."

Amanda estaba llorando. Dejó el recipiente de las verduras a un lado y se sentó en una silla junto al mostrador de la cocina.

"Mamá, por favor, no derrames lágrimas por alguien que no prestó atención a tus emociones. Dime una cosa..." Jennifer tenía algo en mente.

"Sí, adelante." Amanda estaba intrigada por la pregunta de su hija.

"¿No fue tu tiempo con papá un tiempo feliz? ¿No viviste los mejores días de tu vida con alguien que no valoraba mucho tus emociones?"

"Sí, lo fue."

"Entonces dime, ¿no sería el resto de tu vida armoniosa y

maravillosa si la continuaras con alguien que te valorara?" preguntó Jennifer.

"No entiendes..."

"¡Yo si entiendo, mamá! Sólo dime: ¿sí o no?"

"Sí."

"Entonces, ¿qué te detiene?" Jennifer le tomó las manos, y Amanda sabía que no había forma de escapar de esta conversación ahora.

"Tengo miedo de empezar una nueva relación después de esta experiencia. ¿Cómo puedo volver a confiar en alguien con todo mi corazón? A esta edad, no tengo ningún deseo de pasar por esto otra vez. Es mejor quedarme sola. Puede que estuviera destinada a quedarme así, sola..."

Esto hizo que Jennifer rompiera a llorar. "¡No, mamá! Por favor, no pienses así. Cuando te veo andando por la vida de esta manera, una parte de mí muere a diario."

"Cada día cuando me acuesto con la idea de que no puedo hacer nada por ti; siento que he fracasado como hija. No puedo vivir bajo esta carga, ya no."

"No, por favor no digas eso, ¡querida! Has sido la mejor hija. No podría pedirle más a Dios." Amanda apoyó su cabeza en el hombro de Jennifer.

"Hay buenos hombres ahí fuera. Sólo tienes que darle una oportunidad a la persona adecuada. Incluso hay hombres que han pasado por experiencias como la tuya y anhelan una compañera."

"Por favor, detente ahí mismo. No quiero hablar más de eso." Amanda se secó las lágrimas. "¡Mateo debe estar esperándome! Me has hecho quedarme mucho tiempo. Regresemos." Amanda trató de cambiar el tema.

"Vamos a conseguirle a esta buena madre un buen marido." Jennifer se sonrió. El dúo madre e hija salieron de la cocina para unirse a Mateo y Brian en la sala de estar.

Después que se fueron, Elisa entró en la cocina con una sonrisa en su rostro. Empezó a hacer el resto de los preparativos para la cena.

Amanda detuvo a Jennifer y le dijo: "Me alegro de que mi hija piense tanto en mí, pero mi niña, estaré bien."

"Me aseguraré de que lo estés," impresionó Jennifer mientras ambas entraban a la sala de estar.

"¡Abuela! He estado esperándote durante mucho tiempo. Ven, juega conmigo."

Mateo vino corriendo y se llevó a Amanda con él. Se sentaron juntos en un sofá, y Jennifer se sentó en el otro junto a Brian.

"¿Está todo bien?" Brian le susurró a Jennifer.

"Lo estará." Jennifer sonrió.

"Entonces, Señora Amanda, díganos: ¿cómo estuvo su viaje a New York? Queremos saber."

Amanda comenzó a dar detalles sobre su visita, que fue educativa. A Brian siempre le impresionó lo que ella decía, y siguió haciendo más preguntas. Porque Amanda era tan inteligente, que tenía la respuesta a todo. Ella sacaba puntos que nadie más pensaba.

"Ahora sé por qué su hija es tan inteligente," dijo Brian mientras miraba a Jennifer.

Jennifer sonrió.

"Sí, mi hija es única en sus maneras."

"No sólo eso, es una buena esposa y madre. Esto también se debe a usted. Eres su modelo para seguir, y estoy feliz de haberme casado con ella."

Los tres hablaron mientras Mateo jugaba en la casa. Mateo era un niño inocente pero notorio. Era ingenioso y nunca dejó de hacer preguntas, como su padre. Hizo que Elisa corriera a su alrededor todo el tiempo. Corría para la cocina y para la sala de estar. Elisa también se divirtió con Mateo. Ella amaba a Mateo y a Charlotte. Esto fue por el vínculo que tenía con Jennifer y Lawrence.

Todos hablaron durante la cena y compartieron historias. Elisa se había unido a ellos.

Mateo deseaba ser alimentado por Elisa, y ella estaba más que feliz de hacerlo.

Poco después de terminada la cena, todos tomaron café. "Mamá, creo que ya es hora. Mateo tiene que irse a dormir temprano, y tú también deberías descansar. Hemos tomado mucho de tu tiempo. Te llamaré mañana," dijo Jennifer.

"Ya no sé si necesito descansar. Reunirme con ustedes y mi bebé Mateo ha sido una terapia por sí sola. De hecho, iré al parque a tomar un poco de aire fresco.

"¿Está segura? ¿No le gustaría descansar?" preguntó Brian.

"No, estoy bien," respondió Amanda.

"Entonces ven con nosotros. Te llevaremos al parque de camino a casa."

"Preferiría caminar mi querido Brian"

"Bien, como usted quiera," respondió Brian.

Con esto, Brian y Jennifer se despidieron de Amanda. Mateo quería quedarse, así que empezó a decir: "¿No puedo quedarme más? Todo el mundo se merece una noche libre."

Todos se rieron de su inocente petición.

"No, mi querido niño, porque es importante que te vayas a dormir temprano. Sin embargo, puede volver a visitarnos cuando quieras," dijo Elisa.

"Mamá, me gusta mucho Elisa," dijo Mateo, sosteniendo la mano de Jennifer. Puso un beso en la mejilla de Elisa, y Elisa se veía feliz.

"Fue un honor pasar tiempo con usted. No sólo eres una figura en mi vida, sino que también eres mi mentor y mi maestra."

Con esto, Brian abrazó a Amanda. Tomó a Mateo en sus brazos y comenzó a salir. Jennifer los siguió después de dar un breve abrazo a Amanda y Elisa.

"Te quiero, mamá," dijo Jennifer cuando se iba.

"Te quiero más," respondió Amanda. Jennifer y Brian le habían alegrado la noche.

Amanda vio a su hija irse. Luego cerró la puerta tras ellos y le pasó una leve sonrisa a Elisa.

"Le dije, señora, que sus hijos la aman más que a nada en este mundo."

"Tal vez tengas razón, Elisa," sonrió Amanda. Estaba radiante. Su cara se veía feliz. No parecía que hubiera vuelto de un viaje o estuviera cansada.

"¿Puedes coger mi abrigo y mi móvil, por favor? Voy a caminar al parque."

"Claro, señora."

Elisa subió al dormitorio de Amanda mientras ella esperaba en la sala de estar.

Elisa volvió en pocos minutos.

Amanda se puso el abrigo y abrió su teléfono móvil para ver si tenía algún mensaje o llamada importante que atender. Al hojear los mensajes y las llamadas, encontró la llamada perdida de Jeffrey y luego un mensaje que decía: *"Hola Amanda. ¿Cómo estás? Espero que hayas tenido un buen viaje. Por favor, llámame cuando estés libre, y también, si no tienes ningún otro compromiso, me gustaría invitarte a cenar. Estaré esperando tu llamada. Cuídate."*

Amanda llamó a Jeffrey. Jeffrey estaba en medio de algo importante e ignoró la llamada. Como el teléfono no paraba de sonar, se levantó de su asiento y fue al sofá donde había dejado el teléfono. Al ver el nombre de Amanda, cogió el teléfono y dijo: "Oh, lo siento. No sabía que eras tú."

"Eso no es problema, Jeff," respondió Amanda.

"¿Cómo... cómo estás, Amanda?" Jeffrey tartamudeó mientras hablaba. Sin embargo, no era algo desconocido para ambos.

Amanda se rio y respondió: "Mi querido y buen Jeffrey. Yo estoy bien. ¿Cómo tú estás?"

"Umm! Estoy bien. ¿Cómo estuvo tu viaje?"

"Jeff, Jeff... ¿qué tal si haces esas preguntas este miércoles en la cena?" dijo Amanda.

"Oh, ¿entonces nos reuniremos?" respondió Jeffrey. Para ser un periodista, estaba un poco nervioso por conocer más a esta mujer exitosa.

"Sí, creo que sí," respondió Amanda.

"Bien, nos vemos el miércoles," dijo Jeffrey.

"Sí, cuídate."

"Tú también."

Con esto, Amanda colgó la llamada. Luego guardó el teléfono en su bolsillo y salió de la casa hacia el parque comunitario.

***

Todo comenzó el mismo día. Nueve de la mañana. El cielo estaba despejado, y una brisa fresca soplaba por la ciudad. Era el momento perfecto para que las parejas salieran en una cita romántica. Los restaurantes de la carretera estaban ocupados por parejas en cada mesa. Todo el mundo tenía una manera de celebrar el clima romántico, y todas estas maneras diferenciaban unas de otras.

Un hombre de cuarenta y cinco años de edad, Oliver Anderson, abrió la puerta metálica del cementerio y entró. Llevaba un ramo de tulipanes y girasoles en la mano. Se dirigió a una tumba a la izquierda. La piedra de la tumba decía:

'Elizabeth Anderson 1978-Para Siempre'

'Aquellos que nos aman, nunca nos dejan'

Oliver vino a celebrar este día romántico con su difunta esposa. Depositó el hermoso ramo junto a la tumba y se sentó a su lado. Trazó las letras en la lápida y comenzó a llorar. Cerró los ojos, respiró profundamente y luego los abrió.

Luego dijo: "¡Amor mío, Elizabeth! ¿Cómo has estado? ¿Me extrañaste?"

Parecía que su esposa estaba sentada frente a él, escuchándolo.

"Te echo de menos. Ha pasado mucho tiempo. Aún recuerdo haberte bajado a tu lugar de descanso final. Desearía poder estar a tu lado, pero la vida. ¿Por qué me trajo aquí?"

Lloró tanto que empezó a jadear para respirar. Enjugó sus lágrimas, que seguían cayendo, y derramó su corazón.

"Nunca he podido dejar ir los pensamientos que tenía cuando me abrazabas... cómo preparabas el desayuno los domingos por la mañana... nuestras citas en la playa... no puedo dejarlos ir. Siempre estarás a mi lado pase lo que pase; tus palabras de consuelo funcionaron como magia. Desde que te fuiste, no he encontrado consuelo en ningún momento hasta ahora. Todos los días, esperaba besarte cuando volviera a casa. Echo de menos esas cenas familiares en las que tú estarías presente. Ah, has dejado atrás todo mi amor, y has tomado mi voluntad de vivir contigo."

Luego hizo una pausa por unos segundos.

Su teléfono estaba vibrando. Lo sacó; era su madre. Cortó la llamada y respondió con un mensaje de texto: "***Mamá, estoy con mi amor. Me pondré en contacto contigo lo antes posible. Con amor, Oliver.***"

Luego puso el teléfono en su bolsillo y dijo: "Lo siento, querida. Era mamá. También te extraña mucho. Eras como una hija para ella. Fuiste muy cariñosa con ella, una madre responsable con nuestros hijos y la mejor esposa para mí. No sé; ¿cómo hiciste malabares con todas esas responsabilidades? Eso es mucho trabajo para una sola persona. Cuando te fuiste, mamá se ocupó de cuidar a Antonio y Leslie. Eso es mucho trabajo. Cuando estábamos, nunca me hiciste sentir que era una responsabilidad tan grande. Mamá ya esta vieja. Ya no podía cuidar de sus nietos. Así que contraté a una niñera. Es una dama honorable. Sin embargo, desearía que nunca hubiera llegado el momento de contratarla. Desearía que nunca tuvieras que dejarnos. Desearía que estuvieras allí para ver a tus hijos crecer. Antonio y Leslie están creciendo rápido. Es como si nos estuviéramos quedando sin tiempo para estar juntos, y esto me asusta mucho. Al igual que me quedé sin tiempo contigo, temo que esto pueda pasar con mi madre y nuestros hijos. Tu partida me ha quitado el encanto de mi vida."

Durante esta conmovedora conversación entre las almas de Oliver y Elizabeth, dos pájaros salieron volando de la nada y se sentaron en la lápida de Elizabeth.

Los pájaros se sentaron cerca, con sus cabezas inclinadas hacia el otro y empezaron a cantar. Oliver comenzó a mirarlos y dijo: "Mira, Elizabeth, todo el mundo está celebrando su amor en este clima romántico. Ojalá los dos pudiéramos." Comenzó a mirar hacia el cielo y preguntó: "Dios, ¿por qué lo hiciste? ¿Por qué tenía que ser ella? ¿Por qué mi familia fue elegida para esto?" Luego comenzó a mirar la tumba una vez más y dijo: "¿Por qué la gente con un buen corazón no se queda mucho tiempo?"

Pero no obtuvo una respuesta.

Dejó escapar un suspiro y dijo: "Sólo anhelo respuestas a mis preguntas y, tú no has respondido a ninguna. Desearía que al menos vinieras a visitarme en un sueño una vez, pero sabes qué, nunca he tenido un buen sueño desde que te fuiste. ¿Cómo voy a verte en un sueño como ese? Es como si el cielo fuera testigo de nuestras vidas. Más como un espectador silencioso, supervisa cómo responder a las diferentes situaciones y tragedias que ocurren en nuestras vidas."

Durante este tiempo, Oliver habló consigo mismo.

Visitó la tumba de su fenecida esposa para revivir su pasado y todos los buenos recuerdos con ella.

Había establecido su bufete de abogados después de que él y Elizabeth comenzaran a salir. Elizabeth había sido una partidaria silenciosa durante todo este tiempo.

Tomó su último aliento en sus brazos. Él fue quien la bajó a su tumba. Cuando Oliver cerró los ojos por unos segundos, vio un vistazo de Elizabeth tomando su último aliento.

Ella dijo: "Tú eres el amor de mi vida. Sólo oro una cosa: 'que muera en tus brazos'. Sería la mujer más feliz. Sé que Dios me concederá mi último deseo."

Con esto, Elizabeth cerró sus ojos y nunca los volvió a abrir. Tenía una leve sonrisa en su pálido rostro. Oliver, que esperaba que abriera los ojos de nuevo, se sorprendió. Sostenía a Elizabeth en sus brazos mientras su madre lloraba. Tan pronto como escuchó el débil llanto de su madre, abrió los ojos conmocionados. Su cara estaba pálida, como si le hubieran drenado la sangre. Lo primero que vio fue la lápida de Elizabeth. No estaba pasando por el dolor de perderla de nuevo. Esto es perder a alguien que amas: no se van del todo.

Esto sucede por turnos. Primero, el alma abandona el cuerpo, y luego es el cuerpo el que se deposita en la tumba, y luego los recuerdos.

Uno tras otro, ni se olvidan ni se desvanecen. Permanecen allí, tal como está, grabado en lo más profundo de nuestros corazones.

Si alguno de nosotros piensa que nunca volvería, o que nunca echaría de menos al difunto, estamos equivocados. Los recuerdos perduran, y perdurarán para siempre. El destino nos echa en cara de vez en cuando algo relacionado con ellos -su cumpleaños, aniversarios, primera cita, algo específico para ellos y mucho más- y todos vienen disfrazados.

En ese momento, mientras Oliver miraba a su alrededor, no podía sentir nada más que soledad. Sentía que lo había perdido todo. Su corazón se sentía quebrado. Tragó y cerró los ojos de nuevo. Se dijo a sí mismo: "Oliver, Antonio y Leslie están esperando. Tienes que ir a casa. ¿Por qué has olvidado que tienes una madre y dos hijos hermosos? Esos niños son testigos vivientes del amor que tú y Elizabeth sentían."

¡Contrólate!" Se dijo a sí mismo. Luego abrió los ojos y sacó un pañuelo de su bolsillo. Se secó las lágrimas y lo guardó. Luego se puso dos dedos en sus labios, los besó y los llevó hasta donde estaba escrito el nombre de Elizabeth en la lápida.

Luego dijo: "Mi amor, me tengo que ir. Volveré pronto. Antonio y Leslie también te extrañan mucho. Los traeré para que te recuerden. Hoy es sábado y ellos deben estar esperarme en casa. Te quiero, mucho, para siempre..."

Dejó escapar un suspiro y se despidió de la tumba. Se sentó en su automóvil y sacó una botella de agua y un pañuelo. Luego se limpió toda la cara y puso el pañuelo en el tablero. No quería que sus hijos se dieran cuenta de que había llorado. Se puso el cinturón de seguridad y encendió el automóvil.

Fue un hermoso día, un hermoso día para celebrar y un hermoso día para nuevos comienzos.

Oliver, que tuvo éxito en su vida, ahora temía perder a sus seres queridos. Como ser humano, es natural temer tal pérdida, pero ¿debería esto impedirnos avanzar en nuestras vidas?

¿Debería impedirnos amar a alguien más sólo porque hemos perdido a un ser querido en el pasado? ¿No deberíamos hacerlo con los brazos abiertos? ¿Es correcto ceder?

Lo averiguaremos más tarde.

4

En la Gran Ciudad, Tú Solo

El clima se sentía fresco afuera. Eran las cinco de la mañana, todo estaba tranquilo. Sin embargo, el radio reloj proporcionó actualizaciones del tiempo. "Los pronósticos del tiempo proyectan que hoy será un hermoso día en Orlando, Florida. El cielo estará despejado con temperaturas entre los setenta y ochenta grados Fahrenheit. Será un hermoso día para hacer diferentes actividades."

Una joven, de veinticinco años, escuchó el radio reloj con los ojos cerrados. No quería salir de la cama, pero el trabajo llamaba. Deslizó las piernas de la cama y se sentó en posición vertical. Una vez se estiró mientras bostezaba. Con el ceño fruncido, extendió la mano hacia la mesa lateral y apagó el despertador. Se quedó en su cama y empezó a jugar con su pelo. Dejó escapar un suspiro. Se levantó de la cama y caminó hacia el balcón. Cuando abrió la puerta, la brisa fresca la golpeó. Se puso de pie junto a la barandilla del balcón y empezó a mirar hacia abajo.

El balcón estaba situado en el segundo piso de un edificio de apartamentos que ofrecía una increíble vista de la ciudad. No estaba disfrutando la brisa de la mañana ni el hermoso horizonte, sino estaba muy pensativa.

Mientras miraba hacia abajo, dijo: "¿Otra vez, Ariana Tilson? ¿La misma rutina? ¿Hasta cuándo?"

Estaba descontenta con su rutina. Como una joven hermosa, Ariana no era feliz.

Aunque tenía tres años de experiencia como enfermera en el Hospital Jesse y le iba bien en su trabajo, algo la mantenía insatisfecha.

"Oh Ariana, llegarás tarde al hospital." Mientras decía eso bruscamente, volvió al presente. Corrió hacia el baño.

"Apresúrate Ariana. Es sábado, el último día antes de tus vacaciones." Se lavó la cara y se metió en la ducha.

Al salir de la ducha, empezó a prepararse para el trabajo.

Tenía el uniforme puesto, las llaves y el bolso en su sitio, y estaba lista para salir del apartamento. No tenía a nadie de quien despedirse en ese hermoso apartamento; vivía sola. Mientras corría hacia la puerta, la mesa del desayuno estaba vacía. No comió nada; tal vez no le apetecía. Antes de cerrar la puerta, volvió y se fue a la cocina. Abrió la nevera, sacó una manzana y la puso en su bolsa. Salió del apartamento, asegurándose de que la puerta estuviera cerrada.

A pesar de lo saludable que estaba, tomó las escaleras en lugar del ascensor. Según ella, tarda más tiempo. El ánimo de Ariana se sintió levantado. Era el fin de semana. Se subió a su automóvil y condujo hasta el hospital. Con su bolso sobre el asiento del pasajero delantero, encendió la radio y su canción favorita estaba sonando. Su auto salió del estacionamiento lentamente.

De camino al hospital, tenía una leve sonrisa en su rostro. La canción debe haber cambiado su estado de ánimo. Pronto llegaría al Hospital Jesse.

"¡Otra vez!" dijo Ariana al llegar al hospital. Estacionó el auto en el espacio desocupado más cercano. Agarró su bolso y corrió hacia dentro. Tomó el ascensor porque necesitaba reportarse en el séptimo piso. Cuando llegó, salió y se dirigió a la recepción.

Se registró, tomó sus archivos y se reportó con el doctor.

"¡Buenos días, doctora!" dijo Ariana con una agradable sonrisa en su rostro.

"¡Buenos días, Ariana! ¿Cómo estás? Hoy es un buen día para ti; ¡felicidades!" Saludó la doctora con una gran sonrisa.

"¿Qué? ¿Por qué?" Ariana se sorprendió.

"El departamento te ha elegido la empleada del mes" dijo la doctora mientras tomaba la mano de Ariana. La Dra. Judith era una anciana a la que le agradaban los empleados responsables y esforzados. Desde el primer día, admiró a Ariana por su dedicación. Fue la petición personal de la Dra. Judith la que hizo que el departamento asignara a Ariana para que se reportara con ella durante un mes. Esta vez, no sólo se trataba de un reconocimiento de un mes, también el departamento le había dado un ascenso.

La Dra. Judith presentó un sobre para Ariana. Cuando lo abrió, se quedó atónita. Era su carta de promoción. Ariana tenía lágrimas en los ojos. La Dra. Judith la abrazó y dijo: "¡Te lo mereces, mi niña!" Ariana estaba feliz, pero pensaba sólo una cosa: *sólo si mi familia estuviera cerca para celebrarlo.*"

Sin embargo, Ariana no sabía lo que esto requería. Aunque se le había concedido un ascenso, su supervisor todavía no estaba satisfecho con ella. Estaba bastante celoso. Como una joven que sobresalía en su carrera, no pudo soportarlo. A menudo la llamaba para sustituir a los empleados, nunca la dejaba tomar vacaciones, e incluso la hacía pasar por un agitado horario de trabajo para que renunciara. Incluso fue más allá el mes pasado cuando se quejó a sus superiores de que había estado descuidando el trabajo. Inventó historias sobre cómo ella se retrasó para atender a algunos pacientes durante una semana. Incluso deseaba que algo trágico pudiera afectar su asistencia. Estas falsas acusaciones y preguntas sobre su trabajo habían disgustado a Ariana. Ya no se sentía feliz trabajando en ese hospital.

Ariana se mantuvo inmersa en el trabajo durante todo el día. Al terminar el día, se fue. Al entrar al estacionamiento, vio a un grupo de compañeros de trabajo hablando.

Cuando vieron a Ariana acercarse, uno de ellos dijo: "¡Hola, Ariana! ¡Ven! Únete a nosotros."

"Lo siento, tengo que irme. Necesito preparar mis maletas para mi viaje. Les deseo a todos un buen momento. Hasta pronto," respondió Ariana.

No se quedó a hablar con ninguno de ellos; sin embargo, otra enfermera, Margaret, la siguió. Ella dijo: "Ven, Ariana, te acompañaré a tu automóvil." Ariana aceptó.

Se despidió de los demás y acompañó a Ariana a su auto.

"Gracias por venir conmigo. No me siento cómoda Saliendo con algunos compañeros de trabajo porque tienen dos caras. Algunos de ellos son cómplices del supervisor. Por lo tanto, me mantengo a distancia de la mayoría de ellos."

"Lo entiendo y estoy de acuerdo, Ariana," respondió Margaret. "¿Qué tal si cenamos juntos esta noche?"

"Está bien, pero con una condición..." respondió Ariana mientras ambas caminaban.

"Espero que sea buena. ¿Cuál es tu condición? ¡Haré todo lo posible por estar a la altura!" respondió Margaret.

"Que ordenemos comida china desde mi apartamento para cenar. ¿Qué piensas?" impresionó Ariana.

"No es una mala idea. ¡De hecho, me gusta!" dijo Margaret con una leve sonrisa en su rostro.

Margaret usaba el transporte público, así que acompañó a Ariana en el auto y juntas se dirigieron al apartamento de Ariana. En el camino, comenzaron una conversación en la que Ariana le confió a Margaret cómo se ha sentido en el trabajo durante los últimos seis meses.

Es difícil confiar nuestros sentimientos incluso en personas en las que confiamos. Ariana, pensando que ya no podía soportarlo más, le abrió su corazón a Margaret.

"No me siento cómoda en el trabajo, ya no. Siento que todo lo que hago se desmorona con falsas acusaciones y comentarios negativos de nuestro supervisor y sus cómplices," dijo Ariana mientras se le llenaban los ojos de lágrimas.

Margaret le tomó la mano y dijo: "Se nota. Ya no es el mismo hospital que cuando empezamos a trabajar allí. Parece que hay favoritismo para algunos. Unas pocas personas consiguen las cosas de la manera fácil, sin siquiera trabajar para ello."

A esto, Ariana respondió: "Quiero aplicar para otras vacantes, pero tengo miedo. No sé cómo sería empezar en otro departamento o en un nuevo trabajo. Tengo miedo al cambio. No sé cómo será mi nuevo trabajo. Este fue mi primer trabajo desde la universidad. Después de tres años de trabajar y hacer lo mismo, me siento cómoda en este lugar. Incluso cuando el supervisor o los colegas no son buenos y no quieren reconocer mi buen trabajo en el departamento, siento que me perdería si dejara este lugar ahora."

"No tengas miedo, Ariana. Sólo temes el cambio. Es sólo un cambio de lugar para cualquiera que sepa lo que debe y no debe hacer en su trabajo. Te confesaré algo que no le he dicho a nadie. El lunes tengo una entrevista para un nuevo trabajo. Por favor, mantenlo en secreto. Te he confiado esto," dijo Margaret.

Ariana estaba emocionada al saber que Margaret, su mejor amiga desde el primer día en el Hospital Jesse, cambiaría de trabajo.

Sabía lo agotador que se había vuelto el hospital y que todos necesitaban un cambio. Margaret tomó la mano de Ariana y dijo: "¡Salud! Por los nuevos comienzos"

Entonces Ariana dijo: "Me alegro por ti y te deseo lo mejor en la entrevista; sé que te irá bien."

Después de conducir por veinte minutos, llegaron al apartamento de Ariana.

Ariana le dio las llaves a Margaret que subió las escaleras mientras ella estacionaba el auto en el sótano del edificio.

Mientras Ariana se ponía cómoda en su apartamento, Margaret sacó su teléfono celular para pedir comida china para dos. Aunque a Margaret no le gusta la comida china, cedió a los deseos de Ariana.

"Estaré fuera del estado durante siete días. Fuera de los compromisos de trabajo. Me siento libre y me siento emocionada. Mi hermana se mudó para el estado de Maryland hace unos tres años. Esto fue unos meses después de que empecé a trabajar en el hospital."

"¿Así que visitarás a tu hermana?" preguntó Margaret.

"¡Sí!" dijo Ariana. "Las dos nos echamos de menos. Ella quiere que busque oportunidades de trabajo en hospitales o clínicas de Maryland para que podamos volver a estar juntas. Como hermana mayor, es muy protectora y siempre me cuida. Quiere que vivamos lo más cerca posible."

"Esa es la responsabilidad de los hermanos mayores. Quieren cuidar de los hermanos menores de cualquier manera posible," respondió Margaret. "Ariana, esta idea me vino a la mente."

"Aja, Adelante."

"Estaba pensando, ¿por qué no escuchas a tu hermana? Tal vez encuentres un trabajo en el estado de Maryland. Una persona siempre es feliz cuando está cerca de su familia."

"No lo sé. Esto puede sonar bien, pero tengo que pensarlo."

"¡¡Pensarlo!? ¿Por qué? Sólo tienes que hacer algunas búsquedas sobre las vacantes cuando llegues allí. No tienes nada que perder. Prométeme que lo harás. ¡Por favor!"

"Estas son mis vacaciones y no quiero estar en la calle buscando trabajo. Quiero disfrutarlas al máximo. O estoy de vacaciones, o estoy buscando un trabajo. ¿Cómo puede haber algo en medio, Margaret?"

"¡Chica! Puedes hacer ambas cosas. Sé que te la pasarás bien con tu familia, y será mucho mejor cuando sepan que no los volverás a dejar," dijo Margaret.

"Está bien, lo haré por tu insistencia y porque sé que quieres lo mejor para mí. Sin embargo, ¡todavía no estoy tan segura de ello! Aprecio tu amistad. Después de que mi hermana se mudó, no había tenido a nadie cercano a mí en quien pudiera confiar y compartir lo que sentía; eres como una segunda hermana para mí enviada del cielo. Muchas gracias."

"Siempre puedes contar conmigo. Eres como la hermana menor que nunca tuve. Valoro tu amistad. Siempre estás ahí para escucharme y aconsejarme cuando lo necesito," respondió Margaret.

Ariana y Margaret se dieron un abrazo como agradecimiento, amor y consuelo.

Esa noche, después de que Margaret se fuera, Ariana empacó todas sus cosas.

Mantuvo todo lo esencial y comenzó a pensar en la posibilidad de volver a Maryland.

Margaret se había marchado con el corazón triste, pero no quería que Ariana lo supiera.

El vuelo de Ariana fue el día siguiente por la mañana.

Cargó todas sus cosas en el taxi y se fue.

***

Es difícil para la gente trabajar y estudiar. Los trabajos dobles no son fáciles. Una joven madre afgana, Emma Dil, tenía dos trabajos.

Aspiraba a ser trabajadora social y había estado trabajando en ello durante mucho tiempo. Además, es estudiante y madre de dos hijos, de quince y nueve años. En el último año de la universidad, se le ha hecho difícil llegar a fin de mes con sus tareas al día.

Mientras hablaba con otro estudiante, dijo: "A veces me he sentido como si me diera por vencida. Me he saltado importantes clases de la universidad sólo para cuidar de mis hijos y llegar a fin de mes. He trabajado extra, me he empujado hasta los límites, y a veces no hemos tenido suficiente comida en casa. ¿Cómo me las he arreglado? Yo misma me he saltado las comidas para que mis hijos pudieran comer."

"Eres una mujer fuerte, Emma, y sé que un día tendrás todo aquello por lo que estás trabajando, pero no pierdas la esperanza," respondió el estudiante.

Entraron en el edificio de la universidad. Emma tenía una presentación ese día. Tuvo que presentar su tarea y hablar sobre cómo puede ayudar a las personas que están pasando por abuso familiar o que han sido víctimas de abuso en el pasado. Empezó con su vida personal y las atrocidades a las que tuvo que enfrentar antes de dejar Afganistán. Era un libro abierto cuando comenzó a hablar de su vida.

"Las mujeres de mi país son maltratadas. Cada hogar tiene una historia de violencia doméstica, y los hospitales están llenos de mujeres que han sufrido violencia doméstica a manos de sus cónyuges. Los casos que llegan al tribunal de justicia son arrojados por las tuberías cuando las demandantes están muertas a manos de sus maridos. Para su sorpresa, déjeme decirle que el tribunal apoyaría a todos esos criminales."

"¡Vaya!" dijo la clase por unanimidad.

Continuó: "Si todavía estoy de pie y puedo citar todo esto frente a ustedes, déjenme decirles que esto se debe a que hay alguien allá arriba que ha estado cuidando de mí y de mis hijos inocentes. A veces prefería morir antes que vivir. Tenía ganas de rendirme; no veía nada que me beneficiara. Quería terminar con esta vida. ¿Cuál es el propósito de vivir con tanto sufrimiento? No tenía mucho sentido para mí. Después de siete años de abuso emocional y físico por parte de mi marido, me escapé con mis dos hijos. ¿Por qué debería destruir esta hermosa vida? Todos podemos vivir una vida libre y satisfactoria. Esperé que mi marido se fuera a trabajar, y con la ayuda de algunos vecinos, hui de mi casa. No sabía que el trabajo había avisado a mi marido que no fuera a trabajar.

"Cuando pensé que me había ido libre, me di cuenta de que aún había más por venir. Cuando ya estaba cerca de la embajada británica, mi marido vino a buscarme. Corrió detrás de mí para detenerme y gritó para que la gente me detuviera. Había cruzado todos sus límites. Sabía que, si me atrapaba, terminaría muerta. Un guardia de seguridad de la embajada me vio corriendo con mis hijos y pronto, una multitud de hombres venia corriendo detrás de mí. Escuché un sonido como una alarma y todo el personal se movilizó para proteger la entrada de la embajada. Como muchos no sabían lo que estaba pasando, sólo vieron un grupo de hombres corriendo hacia la entrada.

"Cuando llegué a la entrada, un grupo de militares armados salieron del edificio para proteger la entrada desde el exterior. Cuando abrieron la puerta, me dio tiempo para entrar con mis dos hijos. Entonces mi marido empezó a gritar para que me sacaran de la embajada porque me había llevado a sus hijos. Algunos guardias de seguridad nos llevaron a una habitación donde nos dieron comida. Hicieron una investigación completa. Me interrogaron durante dos horas para saber por qué había huido y entrado en la embajada.

"Después de cinco días en la embajada bajo asilo político, nos dieron una visa de refugiado para entrar a Londres, Inglaterra. Vivimos allí durante seis meses, y luego me enteré de que mi marido tenía parientes y amigos que me buscaban para matarme y devolver a mis hijos a su padre. En otras dos ocasiones, los amigos de mi marido que amenazaron con matar me persiguieron. Dos veces estuve cerca de la muerte.

"Cuando no pude más, pedí asilo en la Embajada Americana y después de un mes lleno de pánico y terror, nos dieron la visa para venir a esta hermosa nación que nos ha recibido con mucho amor."

La clase se quedó en silencio, sorprendida. Mientras Emma decía todo esto, sus ojos también se llenaron de lágrimas.

Se secó las lágrimas y continuó: "Al no conocer a nadie aquí, llegamos al aeropuerto de Baltimore. No sabíamos a dónde ir. Sin embargo, esa deidad en el cielo nos supervisa a cada uno de nosotros. Dos misioneros cristianos que conocimos en el aeropuerto de Londres se dieron cuenta de que estábamos extraviados y nos ofrecieron su ayuda. Aunque mi inglés no era bueno, pudimos tener una conversación efectiva. Nos dijeron que también iban a los Estados Unidos y que subirían al mismo avión.

"Estos misioneros cristianos, sin conocernos, nunca nos dejaron en toda la trayectoria del viaje, incluyendo el servicio de inmigración. Cuando llegamos a nuestro destino, tenía miedo de hacerles preguntas porque, para mí, los veía como sospechosos ya que ofrecían su ayuda a cambio de nada. Cuando nos despedimos, la esposa del misionero me preguntó si alguien venía a buscarnos. Le dije que no conocía a nadie y que era nuestra primera vez en los Estados Unidos. Intenté explicar cómo mis dos hijos y yo habíamos salido de Afganistán. Tuvieron una conversación entre ellos y luego se acercaron a nosotros y nos ofrecieron alojamiento. Mis dos hijos y yo empezamos a llorar porque lo único que teníamos eran treinta dólares en efectivo para comer algo y no sabíamos dónde dormiríamos."

La clase estaba en silencio.

Nadie podía saber lo que escondía su cara sonriente. ¿Podemos saber si alguien está sufriendo al mirarlos? No, no podemos. Por lo tanto, todos debemos estar atentos a cualquiera que pueda necesitar ayuda.

Todos nos hemos sumergido tanto en nuestros asuntos diarios que no nos damos cuenta de que todos los que nos rodean están librando una batalla dentro de sí mismos.

Mientras Emma hacía su presentación en la universidad, sus ojos se llenaron de lágrimas y comenzaron a fluir por su rostro. Estas lágrimas no eran de tristeza, sino de gratitud y felicidad porque dos extraños, a los que nunca había visto antes, le abrieron las puertas de su casa y los ayudaron hasta que pudieran estabilizarse e independizarse. Se le había dado una mano amiga.

Continuó haciendo su presentación: "Esta pareja de misioneros cristianos parecían dos ángeles enviados por el cielo, para ayudarnos y proveernos de todas nuestras necesidades durante dos años. Lo hicieron a cambio de nada. ¡Confieso! Esto me ha llevado a pensar que tiene que haber un ser supremo que conoce las necesidades de sus hijos y les envíe ayuda en el momento más crítico. Estos dos misioneros cristianos cambiaron nuestras vidas para siempre en esos dos años. Mis hijos y yo tenemos nuestro propio lugar para vivir ahora. Sólo gracias a ellos fuimos capaces de mantenernos en pie. Confieso que no ha sido fácil, pero seguimos en pie. Tenemos una batalla diferente cada día, pero puedo decir que lo estamos logrando. Estamos agradecidos a esa pareja por todo lo que hicieron por nosotros. Eso es algo que mis hijos y yo nunca podremos devolver."

Como la mayoría de los estudiantes tenía una mezcla de emociones y no podían pronunciar una palabra, un compañero de clase se levantó y dijo: "¡Vaya! ¡Me has dejado sin palabras!"

Luego otro dijo: "Y pensé que mi vida era un desastre cuando emigré de El Salvador, dejando atrás mi familia, mis pertenencias y mi lugar de comodidad. Después de escucharte, no me arrepiento de haber tomado esa decisión porque mi mayor temor era no saber qué encontraría durante mi viaje y todos estos años. ¡Mi respeto para usted, señora Emma!"

Entonces otro se levantó y dijo: "No me arrepiento de haberlo hecho porque ahora puedo ver el mundo desde una perspectiva diferente."

La profesora intervino. Sus ojos se llenaron de lágrimas y dijo: "No nos apartemos de la presentación. Emma Dil, si has terminado tu presentación, abramos una sección de preguntas. Quiero ser la primera en hacerte una pregunta. ¿Cuál ha sido tu mayor temor todos estos años?"

A esto, Emma respondió: "Mi mayor temor es el miedo al fracaso, pero más que el fracaso es el miedo a ese sentimiento que produce el fracaso. Creo que todos tenemos miedo de esa parte, miedo de la sensación que produce el fracaso. Tenemos miedo de desmoronarnos y tenemos miedo de lo desconocido. Para mí, como mujer, ha sido difícil pero no imposible llegar a un país que no conocía la cultura y el idioma para abrirme paso entre la multitud y ocupar mi lugar en esta sociedad. Ha sido difícil, viniendo de una cultura en la que las mujeres no son valoradas y pueden no tener voz ni voto; no ha sido fácil tener este cambio de mentalidad para cambiar mi vida."

Otro estudiante tenía una pregunta y levantó la mano.

"¿Crees en el propósito? ¿Por qué estás aquí en esta nación?"

Emma respondió: "Sabes, esa es una pregunta que me hice cuando estaba en mi país. En esa ocasión, me pregunté por qué nací en una familia pobre y luego mis padres me casaron en contra de mi voluntad. Luego, tener dos hijos que sólo vieron cómo su padre maltrataba a su madre. ¿Por qué me pasó todo eso? ¿Por qué?"

"Después de haber salido de la opresión que había soportado durante siete años, ahora puedo ver el mundo diferente."

"Es un mundo completamente nuevo para mí, cuyos secretos se revelan uno tras otro. Así que, respondiendo a tu pregunta, sí, creo que hay un propósito para cada ser humano nacido en este mundo, y, muchos han sido entretenidos a lo largo del camino, otros se desviaron del propósito original para el que fueron creados, y terminaron siendo los malos en la vida real. Creo que todo debería terminar bien, según el libro de la sabiduría."

Otro estudiante levantó la mano y preguntó: "¿Qué pasó con los misioneros cristianos?"

"Ellos dedicaron toda su vida a las misiones y se trasladaron a Kenia, África," respondió Emma.

Habiendo respondido a esta pregunta, la profesora le hizo otra pregunta. "¿Has considerado alguna vez volver a tu país?"

A esto, Emma respondió: "Sí, he estado pensando en esto más a menudo, pero tengo miedo de hacerlo. Hay mucho que hacer antes de que vuelva. Y también me gustaría volver para ayudar y educar a las mujeres de mi país. Muchas mueren de hambre porque no saben hacer nada para sobrevivir en una cultura en la que no se les da la oportunidad de ganarse el pan de cada día."

Sus compañeros de clase acordaron ayudarla en todo lo que pudieran para que pudiera regresar a su país y ayudar a las mujeres y los niños abandonados que estaban pasando por situaciones difíciles.

Con esto, sonó la campana y la clase terminó. Todos los estudiantes salieron de la clase, pero esta vez, una cosa fue diferente: todos vieron a Emma con mucho más respeto. Sus ojos estaban llenos de empatía.

Emma Dil salió de la universidad. Se sentó en el taxi que había reservado y se fue a casa. Al llegar a su casa, se preparó una taza de café, se recostó y comenzó a relajarse. En poco tiempo, se durmió. La taza de café se quedó en la mesa, desatendida. Emma ni siquiera tomó un sorbo. Estaba cansada, y este descanso era muy necesario.

Emma fue despertada por el sonido de su celular. Alguien había llamado. Puso el celular en vibración y se fue a dormir.

El celular sonó por segunda vez. Emma se levantó. Lo miró.

"¿Quién pudiera estar llamando a esta hora?" Eran las dos y media de la mañana del domingo.

Sorprendida, Emma cogió el celular.

"¿Hola?" respondió Emma.

"¡La paz sea contigo y con tus hijos!"

La persona por teléfono habló en afgano.

"Soy yo, Nemat, tu hermano mayor, quien te llama desde una tierra lejana a la tuya..." dijo la voz.

El corazón de Emma se estremeció; pensó que algo le había sucedido a algún miembro de su familia. ¿Por qué más la llamaría su hermano?

"¿Cómo estás? ¿Por qué llamas? ¿Está todo el mundo bien, Nemat?"

"¡Sí! Todo está bien," respondió Nemat.

"Me puse nerviosa cuando escuché tu voz. Son las dos y media de la mañana en los Estados Unidos," respondió Emma. "¿Por qué llamas? Por favor, se más directo. No me llamarías a esta hora sin razón," presionó Emma.

"Se trata de Karim, el padre de tus hijos. Se dirigía a su trabajo esta mañana, y los terroristas atacaron. Quince personas murieron, mientras que otras resultaron heridas. Entre los fallecidos estaba él."

Emma no dijo nada.

Nemat continuó. "Después de que te fuiste, su vida no fue la misma. ¡Ni siquiera un poco! ¡Hablé con él hace dos meses, y me dijo que sentía por lo que te hizo pasar!"

Emma seguía en silencio. No sabía qué decir. Era como si algún tipo de silencio se hubiera apoderado de ella.

"Le hubiera gustado una última oportunidad de ti, pero sabía que era demasiado pedir. Emma, ¿Estás ahí? -dijo Nemat.

"¡Adelante! Te escucho," respondió Emma.

"Quería volver a ver a sus hijos, abrazarlos y disculparse por no ser un buen padre. Tengo que dejarte; se me está acabando el tiempo.

Tengo diez segundos para terminar esta llamada. Te queremos y esperamos verte algún día, adiós. Sé una hermana fuerte. Tus hijos sólo se quedan con un padre ahora."

Era como si todas las emociones la hubieran abandonado. No pudo aceptar el hecho de que Karim ya no estaba. Emma no sabía cómo reaccionar. Después de treinta segundos, estalló en lágrimas.

Ella había quedado viuda a manos de los terroristas. Hace años, su marido quería matarla, y ahora lo habían matado a él. Ya no era más.

Aunque su marido la había hecho pasar por mucho, nunca pensó que algo así le pasaría. ¿Qué clase de sentimiento inexplicable es el amor?

¿Cómo podemos dejar que la gente se vaya libre por lo que nos han hecho, sólo porque los amamos? Tan extraño, pero tan precioso. No sucede cada dos días, pero una vez que una persona cae presa de él, no puede hacer otra cosa que rendirse ante él.

Emma vivía en un apartamento de una habitación con dos camas: una para ella y otra para sus dos hijos. Se puso las manos en la boca para amortiguar sus gritos. Pero eran ruidosos, lo suficientemente ruidosos como para despertar a sus hijos.

Ibrahim, su hijo mayor, se levantó y le preguntó: "¿Por qué lloras, madre?"

Lo llamó con una señal de su mano y le dio un abrazo.

En ese momento, su hijo menor, Ali, también se despertó y escuchó a su madre contarle a su hermano Ibrahim lo que acababa de suceder con su padre. Ambos hijos abrazaron a su madre y comenzaron a llorar con ella.

Emma sabía que no podía ir a ver a su marido, ni siquiera por última vez.

Les dijo a sus hijos "Solo les pido que mantengan a su padre vivo en sus corazones, siempre." Sólo tenían una foto de Karim y nada más. Karim pronto sería enterrado según los rituales religiosos.

¿Qué quedaría de él en este mundo? Nada que se convierta en un recuerdo, no un bello recuerdo para ellos, sino un recuerdo.

"Mamá, no volveremos a ver a papá nunca más," dijo Ibrahim con sus ojos enrojecidos.

"No," respondió Emma.

"¿Podemos ir a Afganistán a verlo por última vez?" preguntó Ali.

"Ojalá pudiéramos, querido. Ojalá," respondió Emma. Las lágrimas rodaron por sus mejillas. "Yo también quería verlo. Quería decirle que, si no fuera por su abuso, nunca lo habría dejado." Abrazó a los niños otra vez mientras lloraban.

Emma y sus hijos estuvieron despiertos toda la madrugada del domingo. Vieron el amanecer. La familia pasó el día en la casa llorando. Hablaron de la época en que estaban en Afganistán, con Karim.

"Papá nunca se acordó de mi cumpleaños," dijo Ibrahim.

"Pero él te amaba más que a mí porque eras su primogénito," respondió Ali.

"Él los amaba a ambos. Estaba feliz de ser el padre de dos hijos; a menudo me decía que ambos eran las pupilas de sus ojos." Los besó a ambos en la frente y les sujetó las manos con fuerza.

Emma había enviudado. Hace años, ella quería deshacerse de este hombre, y ahora, este hombre ya no existía.

***

Un nuevo día comenzó para Emma y sus hijos. Ella se fue al trabajo y sus hijos a la escuela.

Después de un largo día de trabajo en la clínica dental, Emma fue a clases en la universidad. Encontró a sus compañeros de clase hablando de cómo podían ayudarla. Dado que su mayor deseo era regresar a su país y crear una fundación para ayudar y educar a mujeres y niños abandonados y abusados, trataron de encontrar la manera de enviarla de vuelta con fondos suficientes y protección. Sin embargo, el mayor temor de Emma era el de ser aceptada en una sociedad en la que las mujeres no son valoradas.

Cuando vieron venir a Emma, la saludaron. Sus ojos estaban hinchados. Les dijo "No he podía dormir bien las últimas dos noches." No mencionó a Karim, aunque, en el fondo, estaba destrozada.

"Emma, te queremos ayudar a hacer tus sueños realidad con la fundación que deseas crear en tu país," dijo un compañero de clase.

"Tenemos un plan en mente," dijo otro. Compartieron el plan con Emma; el cual, se quedó sin palabras.

"Di algo," dijo uno de sus compañeros de clase. "No sé qué decir," respondió.

"Lo único que puedo decir en este momento es que les agradezco mucho, a todos. Debe haber un propósito en todo lo que me ha pasado. Llegar a este país, ser apoyado por misioneros cristianos, y ahora, saber todo esto, indica que hay alguien allá arriba cuidándome a mí y a mis hijos. Esta es la bendición de Dios sobre mí."

Los compañeros de clase sonrieron.

"Aunque les confieso que tengo miedo" añadió Emma.

Una de sus compañeras la abrazó, y dejó: "Todo lo que sucede bajo el cielo tiene un propósito, así que no tengas miedo, porque todo saldrá bien."

Emma se sentía en paz. Lágrimas empezaron a rodar por sus mejillas, pero ella las limpió. No le dijo a nadie que su marido había muerto en un atentado terrorista en Afganistán.

Después de compartir con sus compañeros de clase, Emma se sintió rodeada de gente que conocía y no de extraños.

"Mi hija me dio unos boletos para invitar a amigos a un evento en su escuela el viernes a las siete de la noche. Estoy seguro de que esta historia te ayudará mucho. Un profesor de español contará una historia. Él es mejor conocido por los estudiantes como Uncle P, y la historia es 'Desafiando lo Desconocido'," dijo Mansur Kadal, un compatriota de Emma.

Los padres de Mansur tuvieron que abandonar Afganistán con otros miembros de la familia, incluyendo a Mansur. Habían sido amenazados. Su padre era un hombre rico y de gran influencia en el país.

"Gracias por las entradas; ¡estaré allí con mis dos hijos en primera fila!" Emma contestó con una sonrisa.

5

Pasando las Páginas

Cada vez que nos enfrentamos a un reto diferente para estar a la altura de cada día, no siempre emergemos. La forma en que decidimos es siempre guiada por nuestras experiencias.

Años atrás, Aidan Miller, fue al banco para solicitar un préstamo para renovar su restaurante. El banco le negó el préstamo. El representante dijo: "Lo sentimos mucho, señor, pero en este momento, el banco ha denegado el préstamo."

Esta noticia le llegó a Aidan con un golpe sordo. No esperaba que el banco le negara un préstamo a pesar de su problema financiero. "Pero señor, dependo de este préstamo," suplicó Aidan.

"Lo siento, no puedo ayudarle con esto. El banco tiene que evaluar a cada individuo por su capacidad de pago. No creemos que puedas pagar el margen de beneficio. Lo siento mucho," respondió el representante.

"Esto puede llevar a que cierren mi restaurante, señor," respondió Aidan.

"Pero no puedo ayudarte," respondió el representante del banco mientras se adelantaba para estrechar la mano de Aidan.

La gente depende de los préstamos como último recurso. Aidan tenía una deuda pendiente. Se había retrasado en los pagos; el banco le había negado el préstamo.

Aidan volvió a intentarlo una última vez. "Nuestro servicio ha disminuido mucho en los últimos meses debido a la construcción de un nuevo centro comercial al otro lado de la calle.

"Estamos haciendo todo lo posible para abordar los nuevos desarrollos en la zona. Sin embargo, seguimos sufriendo pérdidas. No quisiera pedir otro préstamo, pero debido a los nuevos restaurantes de la zona, tengo que hacerlo."

"Lo siento, pero no puedo hacer nada por usted o por su negocio. También quiero recordarle que, si no haces un pago pronto, tendremos que hacernos cargo de tu propiedad para compensar el préstamo que no puedes pagar," respondió el representante del banco.

Sin embargo, ¿es suficiente con medir todo en base a una mala experiencia del pasado? ¿Debemos dejar libres a los pájaros para que aprendan a volar? ¿O deberíamos mantenerlos en una jaula? ¿Debería el miedo a fracasar impedir que la gente persiga sus sueños?

Jacobo era un joven que soñaba con tener su propia cadena de restaurantes algún día. Después de graduarse de la universidad con un título en administración de empresas hace tres años, consiguió un trabajo como Gerente General de una cadena de restaurantes. Era un buen estudiante en la universidad y un empleado competente en el trabajo, por lo que cada vez le decían que llegaría lejos. Desde su infancia, Jacobo soñaba con empezar algo por su cuenta. Aspiraba a marcar la diferencia y ser su propio jefe.

Durante los tres años como Gerente General, presentó un pequeño modelo de trabajo e innovación que podría hacer que la cadena de restaurantes creciera un treinta por ciento en ingresos y clientes. Esto lo motivó a estar interesado en abrir su propio restaurante. Aunque, cada vez que esta idea es tomada en consideración, se siente un poco inseguro. Esto se debe a que su padre tenía su propio restaurante y después de diez años en el negocio, tuvo que cerrarlo debido a la caída de los ingresos y declarar bancarrota.

Jacobo consultó a su padre y le presentó la idea de abrir su propio restaurante. Su padre desaprobó esta idea.

"No me parece agradable, hijo mío; no deberías seguir adelante," dijo su padre.

Tenía sus propios miedos. Después de diez años en la industria, su negocio quebró; y como padre, no quería que su hijo pasara por la misma experiencia.

"Pero ¿por qué, papá? Esta es una buena idea, un plan completo, y algo que sólo necesita ser puesto en acción."

"No lo entiendes; eres demasiado joven para ello. Quieres estar a cargo, pero no estás listo para el riesgo que conlleva esa responsabilidad," respondió Aidan.

"Pero, papá, déjame explicarte."

"Por favor, no me digas que estás listo para ese trabajo. ¡Cuéntame! ¿Te ves perdiendo todo durante la noche? ¿Estás listo para esto?" respondió Aidan con desagrado.

"¿Por qué iría a cometer errores como ese? No te seguiría. Tengo todo planeado, papá. ¿Por qué crees que me convertiré en el mismo ejemplo de fracaso que tú?" Jacobo lo soltó.

Hubo un momento de silencio. Aidan no dijo nada. Le faltaban palabras. Abrió la boca, pero no salió nada. Sus ojos comenzaron a llenarse de lágrimas.

Los fracasos dejan un gran y adverso impacto en la mente de un hijo. ¿Puede la gente crecer fuera de esto? Sí, pueden, pero nadie puede predecir cuándo. Aidan es un ejemplo de un ser humano que ha sufrido un fracaso. No se había recuperado.

Cuando intentó impedir que su hijo abriera camino para su

propio comienzo, no fue porque no confiara en él, sino que fue su miedo el que habló.

"Papá..."

"Por favor, Jacobo, no más." Aidan no quería oír nada más.

"Por favor, déjame explicarte." Aidan no dijo una palabra.

Jacobo trató de explicar el modelo de restaurante que quería crear, comparándolo con el modelo que tenía su padre. Su padre insistió y no le dedicó ni unos minutos de su tiempo para escuchar lo que su hijo tenía.

"Papá, por favor, di algo. Sé que he sido poco razonable, perdóname."

Después de un tiempo, Aidan habló. "¿Qué te garantiza que tu restaurante marcará la diferencia?" Su padre estaba triste por el hecho de que Jacobo había estado presionando su idea y sacándola a relucir una y otra vez.

Jacobo tuvo miedo de que su negocio no funcionara y tuviera que cerrarlo y declararse en bancarrota, al igual que su padre. Incluso hasta ese momento, este joven se mantuvo imparable. Esto no le hizo darse por vencido; aun cuando su padre no estaba dispuesto a apoyarlo, se había propuesto hacer realidad su sueño. Todo por sí mismo.

El lunes, durante el trabajo, Jacobo salió a comprar el almuerzo. Conoció a un amigo llamado Justin. Se habían hecho amigos hace dos años y habían perdido el contacto.

"¡Justin, eres tú!"

"Jacobo, me alegro de verte, ¿cómo estás?"

"No muy bien," respondió Jacobo.

"¿Por qué es eso?"

"Necesito que alguien me escuche para dejar salir todo lo que me esta envenenando."

"Sentémonos en algún lugar y hablemos," respondió Justin. Jacobo le contó todo el escenario.

Justin comprendió que Jacobo estaba arrepentido por lo que le había dicho a su padre; el cual, todavía no estaba preparado para perseguir sus sueños.

Fue bueno conocer a alguien que se preocupaba tanto por Jacobo. El hijo de Justin asistía a la Escuela Williams, la misma escuela en la que Uncle P contaría su historia, 'Desafiando lo desconocido'.

Después de reunirse y almorzar juntos, su amigo le dio un poco más de información sobre la escuela y lo invitó al evento.

"Visita a tu padre y pídele perdón. Luego invítalo contigo. Sé que funcionará. ¡Servirá como una experiencia de aprendizaje!" dijo Justin.

"No estoy seguro de poder asistir al evento, ya que mi horario de trabajo me hace viajar, a veces de forma imprevista."

Justin le dio a Jacobo entradas para el evento de Uncle P.

El martes, Jacobo invitó a su padre a desayunar afuera, y durante el desayuno hablaron.

Jacobo le dijo: "Un amigo me invitó a un evento en una escuela. Tengo dos boletos. Quiero que vengas conmigo."

"Lo pensaré y te lo haré saber," respondió su padre.

Antes de levantarse de su silla, Aidan aconsejó a su hijo: "No te metas en deuda. Sigue trabajando en la cadena de restaurantes." Según él, eso era lo mejor.

"Hijo, no es que quiera desanimarte, pero creo que te irá mejor en un trabajo a tiempo completo. En la industria gastronómica hay una gran competencia, y sólo aquellos que tienen mucho dinero para invertir pueden mantenerse a flote. La voz de la experiencia te lo dice. Mira por lo que tuve que pasar, después de diez años en la industria, mira cómo terminé todo. Te aconsejo que juegues con cuidado. Todas las ideas y planes que tienes para innovar la industria, preséntaselos a la compañía; ellos tienen el capital para invertir, y tú no. Evítate ese dolor," dijo Aidan.

"Papá, por favor, no traigas eso a la mesa. ¿Quién sabe si eso no funcionará conmigo? La industria es buena. Quién sabe si me convierto en un pez grande en este campo." Jacobo continúo: "¿Sabes cuál fue tu error? Que no escuchas a nadie. Sé que no tengo la experiencia que tú tienes en la industria gastronómica; pero si al menos hubieras escuchado, las cosas habrían sido mucho mejores. Te dije varias veces que debías renovar el restaurante cuando todavía tenías el capital para hacerlo; esto era porque el restaurante iba bien. Pero te quedaste atascado en medio del caos de la industria. Esto fue durante el tiempo en que todos en el área renovaron y realizaron cambios para traer más clientes a sus negocios."

"¿Me has invitado a este lugar para acusarme?" respondió Aidan.

"Papa, me estás tomando equivocado."

"No necesito más bofetadas de conciencia y verdad sobre mí. Con las experiencias del pasado; creo que ya he tenido suficiente. Y si fallé, ¿qué garantiza que te iría bien?"

Aidan no lo dejo hablar y continúo. "Dices que no escucho a nadie; tú tampoco. Antes de que me acuses, piensa sobre lo que estás diciendo en este momento. Otra cosa, porque estudiaste administración de empresas, y has progresado en los últimos años y te va bien, eso no te da derecho a faltarme el respeto. ¿Quién pagó tus estudios? ¿Dime?"

Aidan se levantó de la mesa y se fue.

Unas horas más tarde, Jacobo llamó a su padre para arreglar las cosas, pero no contestó la llamada.

Al día siguiente, después del trabajo, Jacobo regresó a casa y trató de llamar a su padre antes de irse a dormir, pero nuevamente no respondió.

Jacobo dejó un mensaje de voz, pidiendo perdón por la forma en que se había dirigido a él. "¡Hola, papá! Espero que estés bien. Sé que estás molesto conmigo y tienes razones para estarlo. No debería haberme dirigido a ti de esa manera; perdóname. Eres muy importante en mi vida y si vengo a ti; es porque tus consejos significan mucho para mí. Sé que no quieres que me vaya mal en los negocios y quieres lo mejor para mí, pero ¿cómo puedo ir en contra de mi voluntad? Si esta pasión que llevo dentro me consume cada día, ¿por qué me detienes? Nosotros estamos a una decisión de una vida diferente. No sabes cuántas veces he querido renunciar y abandonar este sueño y hacer lo que me has dicho, pero cada vez que lo intento, siempre me viene a la mente y me late el corazón fuertemente. A veces he pasado noches en velas pensando si Dios me ha creado para esto, porque disfruto de mi trabajo y me gusta que la gente se ponga en contacto conmigo para darme su opinión sobre cómo mejorar el servicio. No sé si esto te bastará, pero es todo lo que tengo que decir. Eres muy importante para mí. Por favor, háblame, al menos una vez."

Jacobo colgó el teléfono. Su padre vio sonar el teléfono, pero no lo contestó porque estaba molesto con su hijo. Luego escuchó el mensaje. Aun así, no respondió.

Siendo testigo de las peleas entre Jacobo y Aidan, la madre de Jacobo le dejó un texto diciendo: "***Ven mañana por la tarde y habla con tu padre.***"

Al día siguiente, Jacobo visitó a su padre alrededor de las cuatro y media. Tocó la campana. Su padre se acercó a la puerta. Cuando abrió, se dio cuenta de que su hijo estaba parado frente a la puerta.

Jacobo se dio cuenta de que su padre estaba viendo un programa de televisión. Su padre lo invitó a entrar. Tuvieron una conversación en la que Jacobo se disculpó "Papa, perdona mí indisciplinado comportamiento otra vez."

Después de un tiempo, se reconciliaron y Aidan se dio cuenta que no podía evitar que su hijo fuera en contra de sus sueños y le dijo: "Hijo mío, perdóname por haber intentado persuadirte para que renunciaras a tus sueños; todo esto, por miedo al fracaso."

Jacobo le dijo "Te comento que el lunes tengo una reunión a las tres de la tarde para un préstamo con los representantes del banco.

También te quiero invitar a salir a cenar, y luego a que me acompañas a un evento donde escucharemos una historia de un profesor llamado Uncle P, titulada 'Desafiando lo Desconocido'.

Su padre aceptó salir con él y acompañarlo al evento. De esta manera, el dúo padre e hijo pudieran pasar un tiempo juntos.

A menudo se ve que dejamos que nuestros miedos superen a nuestra voluntad. ¿Cómo lo harán Aidan y Jacobo? Aún está por verse.

***

Ariel estaba en un sueño profundo. Un alma deprimida duerme más, pero ¿puede esto ser útil? Siempre tienen que volver a la realidad; siempre tienen que despertar en el mundo donde nada se ha resuelto.

Ariel, un adolescente, estaba pasando por lo mismo. Habían pasado horas y sus padres no habían escuchado nada de él.

"¿Puedes por favor ver a Ariel?" preguntó Pedro a Jésica.

"Espera, déjame ver," respondió ella mientras caminaba hacia la habitación de Ariel. Ella abrió la puerta de su habitación. Ariel estaba en un sueño profundo. Jésica entró. Se sentó cerca de Ariel. Podía ver los rastros de gotas de lágrimas en su cara. Debe haber tenido un momento difícil. Estaba claro.

Jésica plantó un beso en la mejilla de su hijo y dijo: "¿Por qué tienes que penalizarte, hijo mío? ¿Por qué has perdido la esperanza? Verte así es desgarrador."

Ariel no respondió. Luego se levantó, le puso una manta a su hijo y salió de la habitación. Cerró la puerta, asegurándose de no hacer ruido.

Cuando Jésica regresó a la sala de estar donde Pedro estaba sentado, tenía una expresión tensa y desconcertante en su rostro.

"¿Está bien?" preguntó Pedro.

"No, no lo está. Nuestro hijo sufre un inmenso dolor. Ha sido humillado, y algunos compañeros de equipo lo han hecho responsable de algo que ocurrió en sólo segundos. ¿Por qué tiene que ser así para él? El momento en que necesitaba algo de aprecio y reconocimiento... mira cómo lo han tratado sus compañeros de equipo."

"Oye, oye, querida. Puedo ver a la madre afligida y condenada hablando. Sé que no puedes ver tu hijo sufrir. Te prometo que pronto verás a tu hijo sonreír." Pedro se levantó del sofá y besó a Jésica en su frente. Podía ver que Jésica no estaba en paz.

"Por favor, sonríe, querida. Si actúas así, ¿cómo crees que actuará Ariel? Necesita nuestro apoyo y tú, su madre, eres su apoyo."

A esto, Jésica asintió con la cabeza y dijo: "Me aseguraré de mantener la calma delante de él, pero quiero ver a mi hijo sonriendo pronto."

"Me aseguraré de que lo haga."

Después de dormir durante horas, Ariel se despertó. Ya estaba casi oscureciendo. No tenía intención de salir de la habitación. Ante la continua insistencia de su madre, aceptó salir de su habitación. Se levantó y fue al baño a tomar una ducha. Mientras se duchaba, podía oír cada palabra de insulto en su cabeza. Venía como una escena retrospectiva. Algunos compañeros de equipo, riéndose de él, burlándose de él y haciéndolo responsable, le brotaron lágrimas de sus ojos y se puso las manos en los oídos. ¿Detuvieron los ecos? No. No lo hicieron.

Ariel salió de la ducha, se puso su ropa y salió de la habitación. Ya era la hora de la cena.

Cuando entró en la sala de estar, Jésica se dirigió a él. "Hijo mío, siéntate. He preparado la cena, deliciosas galletas y pastelillos de plátano. Sé que te gustan."

A esto, Ariel no respondió. Se sentó en una silla y mordisqueó la comida. No estaba de humor para comer. Sus ojos estaban hinchados.

Pedro sabía que Ariel estaba triste, pero para animarle, era importante hacerle hablar con el corazón.

Pedro trató de iniciar una conversación. "Mi hijo, nadie le gusta ser derrotado en cualquier área de su vida, pero no entendemos que perder un partido no significa el final de nuestra vida. A todos se nos dan oportunidades. Esta no será la última oportunidad. Las adversidades nos enseñan que en la vida debemos aprender a ganar y perder; y cuando perdemos o fallamos en nuestro intento, eso nos muestra que no todo lo que queremos lograr en la vida será fácil. Todo costará un esfuerzo extra. No lo olvides nunca, el fracaso sólo nos enseña el valor de la victoria. Nos anima a asegurarnos de ganar la próxima vez, ¿por qué mirar el lado negativo? Mira el lado positivo."

A esto, Ariel no respondió. Estaba en silencio. Se tomó más tiempo de lo habitual para masticar la comida, así no tuvo que hablar.

Jésica se sentó al lado de Pedro. Tenía las manos cruzadas y miró a Pedro con una expresión de: "*Por favor, inténtalo una vez más.*"

Pedro trató de hablar una vez más: "Sólo porque no hayas podido llevar a tu equipo a las finales, y algunos compañeros de equipo te hayan molestado, no decide tu destino. Eso es sólo una parte de la historia. ¿Cómo puedes saber si los jugadores más famosos del baloncesto fueron siempre tan buenos como lo son ahora? ¿No crees en el aprendizaje? ¿No crees en caerte y levantarte de nuevo?"

A esto, Arial le dijo: "Papá, me insultaron delante de todos. Me llamaron incompetente. Me llamaron perdedor. Es difícil para mí superarlo."

Entonces Pedro dijo: "Muchas veces, la gente de alrededor será la primera en dudar de nuestras habilidades y potencial. Ellos mismos no lo tienen, y quieren utilizar esos momentos en que las cosas no van bien para atacarnos y usarlo contra nosotros. La gente tratará de ponernos abajo cuando tengan la oportunidad. ¿Sabes por qué lo hacen? Porque nunca podrán ser como tú. Sé que la próxima temporada será mucho mejor."

"No quiero participar en la próxima temporada; ya no..." Jésica levantó las cejas preocupada.

Arial continuó. "No sé si alguna vez volveré a cambiar mi decisión. Mis compañeros de equipo me dijeron que era un perdedor... Me dijeron que el baloncesto no era para mí. ¡Quizás tenían razón! Tal vez debería intentar algo más. No les tengo miedo, pero tengo miedo de que me traten así otra vez. ¿Y si tenían razón?"

Pedro respondió: "Sabes, este es un desafío. ¡Necesitas superar tu miedo! Mantente fuerte durante las adversidades. Nadie nace experto. Podemos, sin embargo, convertirnos en uno."

A esto, Ariel no respondió. Pedro trató de animar a Ariel contándole una historia entretenida. "Damas y caballeros, quiero presentarles a Ariel, el jugador más valioso del año. Ahora Ariel nos dirá su experiencia de cómo llegó a ser un jugador de baloncesto profesional."

Luego imitó a Ariel: "Gracias por esta cálida presentación. ¡Qué bueno estar aquí esta noche! ¡Me siento honrado! Yo diría que no fue fácil, pero tampoco fue imposible. ¡Requiere tiempo, esfuerzo y dedicación! Mucha gente a mi alrededor no creía en mis capacidades. Me insultaron, se burlaron y se rieron de mí. La gente me dijo que estaba perdiendo el tiempo porque muchas personas a mi alrededor lo hacían mucho mejor; pero no presté atención a tales comentarios. Si lo hubiera hecho, no estaría donde estoy hoy. Quiero decirles a todos ustedes que no se desanimen por lo que la gente diga. Tú mejor que nadie conoces tus capacidades y sabes que puedes hacerlo. Lograr cualquier cosa requiere persistencia, disciplina y dedicación. Si tienes eso en ti, considérate que tienes éxito."

El 'supuesto' Ariel continuó: "Quiero agradecer a todos los que me apoyaron a lo largo de este viaje. Sin todos ustedes, no habría logrado salir adelante. Para aquellos que estuvieron a mi lado, pueden ver, aquí estoy hoy. Les debo mi éxito a todos ustedes."

A modo de imitación, Pedro se convirtió en todo el público y aplaudió a Ariel. Jésica también empezó a aplaudir. En esto, Ariel comenzó a sonreír y luego a reír. Al ver a su hijo reír, la cara de Jésica y Pedro se iluminaron.

"Hijo mío, dime ahora, ¿vas a practicar el lunes por la tarde?" preguntó Pedro una vez más.

"Bien, iremos," respondió Ariel.

Pedro se puso de pie y comenzó a bailar. A esto, Ariel y Jésica comenzaron a reírse de nuevo.

Pedro se detuvo y luego dijo: "Mi hijo, no te preocupes.

Todo volverá a la normalidad; ¡Te lo prometo!"

Ariel se levantó y agarró la mano de su padre con una sonrisa en su cara. "¡Gracias por animarme, papá!"

"Ese es el trabajo de todo buen padre que quiere que sus hijos alcancen nuevas metas en sus vidas. Yo de alguna manera quiero estar ahí para ti. Haré todo lo que esté a mi alcance para asegurarme de que siempre consigas lo mejor. Siempre te extenderé la mano. Nunca te dejaré caer. Para mí es un honor que seas mi hijo y estoy agradecido por ello. ¡Te amo!"

"Yo también te amo, papá. Eres el mejor." Con esto, Ariel abrazó su Padre.

***

El lunes por la tarde, Pedro volvió a casa del trabajo y vio a Ariel preparada para la práctica y esperándolo sentado en el sofá. Se cambió de ropa y la familia salió al parque a practicar.

En el parque, Jésica se sentó bajo un árbol en el pasto y Ariel y su padre corrieron dos vueltas para calentarse y luego comenzaron a practicar tiros en el aro.

Después de unos minutos, se tomaron un descanso para tomar agua antes de seguir adelante en la práctica. Jésica le dio dos botellas de agua. Era una tarde soleada y quería que se mantuvieran hidratados.

Pedro le pasó la primera botella de agua a Ariel, diciendo: "Aquí, aquí. Mi futuro campeón de baloncesto debería beber agua primero. ¡Tómalo, campeón!"

Ariel tomó la botella de agua con una leve sonrisa. Por mucho que apreciara los esfuerzos de sus padres, no podía dejar de pensar en el hecho de que había fracasado en el último partido. Su corazón latía con fuerza, y lo que pasó por su mente fue: "*¿Y si los decepciono? ¿Qué pasa si no tengo el potencial y ellos confían demasiado en mí?*"

Ariel bebió una buena cantidad de agua, se limpió el sudor de la frente y se dijo a sí mismo en un susurro silencioso: "Tú puedes hacerlo."

"¿Dijiste algo?" preguntó Jésica.

"No, mamá, sólo estoy esperando a papá para que podamos volver a la práctica."

"Estoy feliz de que hayas vuelto. ¡Eres el verdadero campeón, hijo mío! Estoy seguro de que llegarás lejos en tu vida. Verás mucho éxito en tu vida. No dejes que las palabras negativas lleguen a tu mente; sólo apaga los malos pensamientos. ¿Cómo puede alguien más conocer tu verdadero potencial aparte de ti mismo? No lo olvides: estamos aquí para apoyarte hasta el final. Sé que nos harás sentir orgullosos."

Después de escuchar lo que Jésica dijo, Ariel estaba determinado a vivir a la altura de lo que su madre esperaba de él. Al regresar Pedro, el hijo y el padre volvieron a practicar.

"Fue una buena práctica" dijo Pedro.

En su camino de regreso a casa pasaron por el supermercado.

"Ariel, ¿quieres algo del supermercado?" preguntó Pedro.

"¡No, gracias, papá!"

Ariel esperó en el auto mientras Jésica y Pedro entraban al supermercado a comprar algunos alimentos para la casa. En el supermercado, Jésica repartió algunas entradas para el evento del viernes a la gente que estaba de compras. Como se lo prometió al voluntario, Jésica repartió los boletos y guardó tres para ellos.

Jésica y Pedro salieron del supermercado y se sentaron en el automóvil, y luego la familia se fue a casa. Jésica preparó la cena para la familia y esta vez, Ariel vino a la mesa sin que ella o Pedro tuvieran que llamarlo.

Ariel se veía feliz. Tenía una sonrisa en su rostro.

Jésica y Pedro estaban en paz al ver a su hijo feliz.

Después de la cena, antes de que todos se fueran de la mesa, Ariel dijo, "Papá, mamá quiero decir algo."

"Sí, querido, ¡adelante!" respondió Jésica.

"Ya me siento mucho mejor. Gracias por apoyarme en todo momento. Les deberé a ambos por el resto de mi vida. Tengo los mejores padres del mundo. No sé qué habría hecho sin ustedes."

"Siempre puedes contar con nosotros. Eres nuestro único hijo, y te deseamos lo mejor. Queremos verte triunfar y queremos ver que tus sueños se hagan realidad," dijo Pedro.

"Tú has sido una bendición para nosotros. Estamos orgullosos de ser tus padres. Tú eres el motor que nos mueve. ¿Qué haríamos sin ti? Nuestras vidas habrían sido incoloras," dijo Jésica.

Ariel se levantó y abrazó a sus padres.

"Cada vez que te veo, hijo mío, pienso cuando te sostenía en mis brazos; tú llorabas si te bajaba. Cuando tenías tres años, hacías caras inocentes para que yo te contara una historia más antes de que te fueras a la cama. De esto han pasado tantos años. Y mira, hoy estás de pie, persiguiendo tu pasión," dijo Pedro.

Ante esto, Ariel comenzó a sonreír. Fue un buen día para los tres. "¡Siempre puedes contar con nosotros!" dijo Jésica.

"¡Lo sé, mamá! Soy el hijo más afortunada de la faz de la tierra" respondió Ariel. Con esto, Ariel pidió permiso a sus padres para ir a su habitación. Tanto Jesica como Pedro le dieron besos en la mejilla y se fue a la cama.

Las cosas habían vuelto a su sitio para Ariel. Estaba feliz y aceptó el hecho de que podía volver a vivir.

Ariel y Pedro practicaban baloncesto en días optativos.

"Espera, necesito tomar un poco de agua." Con esto, Ariel fue donde su madre a buscar su botella de agua. Jésica, que se sentó en su lugar habitual, le dio la botella de agua. Ariel se sentó y comenzó a sorber. Mientras sorbía, sacó su celular y comenzó a revisar sus mensajes de texto. Mientras revisaba sus mensajes, vio los mensajes de Daniel. Abrió el mensaje, y lo que leyó dejó su corazón latiendo con fuerza. El texto decía: "*Hola, Ariel, espero que estés bien. Después de ser regañados por el entrenador, Alberto y Joel han seguido hablando en contra tuya. Haz clic sobre el enlace adjunto.*"

Ariel se puso nervioso antes de abrir el enlace. Se mantuvo fuerte y lo abrió. Joel y Alberto habían estado acosando a Ariel en un video que subieron a las redes sociales.

Alberto dijo: "*Debido a ese patético jugador, no pudimos clasificar para las finales. Es un perdedor. Debería abandonar el baloncesto. Sólo tengo un mensaje para ti, Ariel: ríndete. No pierdas tu tiempo.*"

Antes de terminar el video, Joel dijo: "*Lo consideran el mejor jugador. Es sólo un perdedor. No puede hacer nada bueno por el equipo.*"

Ariel tenía lágrimas en los ojos. Fue como un mentor para sus compañeros. Siempre le gustaba pasar horas con Alberto y Joel y otros compañeros de equipo en los entrenamientos. No guardó nada del pasado en su mente. Había buscado y dejado el pasado atrás, ¿y cómo le pagaron? Destruyendo su imagen en público.

Guardó su teléfono en el bolsillo y se sentó junto a su madre. Pedro, que vio que no volvía, le dijo: "Regresa." A esto, Ariel respondió: "No quiero seguir practicando. Vámonos a casa. Creo que estamos perdiendo el tiempo."

Ante esta acción, Pedro y Jésica se miraron. Pedro preguntó: "Hace unos minutos estabas bien. ¿Qué te hizo cambiar tan rápido? Déjame ver tu celular."

"No, por favor. No lo llevemos tan lejos" -respondió Ariel.

"¡TENGO *QUE VER TU CELULAR!*" respondió pedro autoritativamente, y tomó el celular de Ariel. Vio el enlace y vio el video con Jésica. Luego cerró el celular y miró a Ariel. Tenía lágrimas en los ojos.

"El baloncesto puede no ser para mí. Todos en la escuela me ven como un perdedor. ¿Por qué no me transfieren a otra escuela? No quiero volver a la misma escuela el próximo año escolar." Ariel comenzó a llorar.

"¿No te dije que no deberías dejar que esas cosas se te suban a la cabeza?" dijo Jésica.

"No lo entiendes. Siento que todo el mundo se ha burlado de mí tantas veces."

"Si tú lo dices. Consideremos tu propuesta por un momento. Pero déjame decirte algunas cosas" - respondió Pedro.

Las lágrimas rodaron por las mejillas de Ariel.

"Deja de llorar. Ya no eres un niño pequeño. Ahora, escúchame." Pedro le tomó las manos, y luego continuó: "Vayamos paso a paso, hijo mío. Tengo tres para decirte. El primero: 'Todo el mundo' es demasiada gente. No creo que todos en tu escuela te consideren un perdedor. Sólo hay algunos de tus compañeros que, por celos, han comenzado una campaña de difamación con el propósito de ocultar sus debilidades. El segundo: cambiar de escuela no resolverá esta situación. ¡Nunca! Dejes que tus enemigos piensen que lo que dicen de ti es verdad. La realidad está lejos de eso. Habrá momentos en la vida en los que tendrás que enfrentarte a tales personas que harán todo lo posible para derribarte porque quieren detener tu éxito. ¿Por qué es así? ¡Porque nunca serán como tú! Pero tú tienes la decisión final; demuestras que tienes razón o que estás equivocado. Dependerá de ti. ¡La pelota está en tu cancha!"

Ariel no respondió; no aceptaba lo que decía su padre, y ¿cómo podría hacerlo? Para un adolescente, ¿es fácil aceptar tales intentos de difamación? No es que estuviera asustado; tenía el corazón roto.

"No dejes que lo que los demás piensen o digan de ti te afecte. Lo he dicho muchas veces, y lo diré una vez más: son tácticas de un juego mental para debilitarte. Te odian porque no son como tú. Nunca olvides esto. ¿Quién de ellos ha venido a ser el capitán del equipo? ¿Quién ha tenido alguna vez la oportunidad de entrenar a sus compañeros como tú lo hiciste? Dime," dijo Jésica.

Ariel se quedó en silencio.

"Para muchos, tu ere un ejemplo a seguir, para otros, un desafío en el camino. Están tratando contigo a su manera. Por primera vez en cinco años, el equipo de baloncesto de Jefferson llegó a una semifinal. Y, ¿sabes cuál es la parte importante? Los que te están atacando estuvieron ahí desde el primer día que el equipo empezó y no pudieron lograr nada para que el equipo avanzara. Fuiste tú quien dirigió el barco que se hundía para salir de la tormenta. Son mayores que tú y sin embargo tuvieron que ser entrenados bajo tu dirección. ¿Por qué no ves las cosas de esta manera?" preguntó Pedro.

"Ustedes están tratando de animarme, pero no está funcionando. ¿Y si todo el mundo piensa lo mismo que Alberto y Joel? respondió Ariel.

Jésica respiró hondo y dijo: "¿Por qué vino tanta gente a ver el partido? Había una razón: por primera vez, mucha gente fue al partido para apoyar a los Jaguares de Jefferson. Recuerda estas palabras: una sola persona puede marcar la diferencia en la vida de otras personas, ya sea en una escuela, una comunidad o, en tu caso, en un equipo de baloncesto. No Te rinda, porque este es solo el comienzo de tu historia y sólo tú determinarás el camino que debes tomar; habrá muchos obstáculos y oposición a lo largo del camino y, no será fácil, pero tampoco será imposible. ¿Tú crees que sería prudente renunciar ahora? ¿Dime?"

"Aprecio sus palabras. Lo que Alberto y Joel dijeron me llegó al corazón. Me duele el corazón al ver cómo han estado hablando de mí."

"Cada decisión te costará algo; nunca olvides eso. Siempre habrá alguien que morirá para ganar guerras contra ti. Puede que nunca les hayas hecho daño, pero aun así harán guerras contra ti. Si quieres dejar que te golpeen, asegúrate de estar preparado" -respondió Pedro.

"¡Sí, tienes razón! Pero ¿podríamos continuar la práctica otro día?" dijo Ariel mientras se secaba las lágrimas.

"Bien, entonces empaca, nos iremos a casa," dijo Pedro.

"Pero papá, ¿cuál era el tercer paso?"

"El tercero es que llamaré al entrenador para que podamos tener una reunión con los padres de esos dos jóvenes. No podemos ignorar esta forma de ataque; deben detenerlo antes de que ocurra una tragedia."

6

Los Amantes se Reúnen

El miércoles, Jeffrey recogió a Amanda a las siete y media de la noche. Amanda llevaba un precioso vestido negro mientras Jeffrey estaba en un elegante esmoquin.

Mientras conducían hacia el restaurante, Amanda compartió sus historias de Nueva York y Jeffrey estaba más que interesado en conocerlas. Al llegar al restaurante, el camarero llevó a Amanda y Jeffrey a su mesa reservada.

"Oh, no había visitado este lugar desde hace bastante tiempo. El lugar ha cambiado mucho, incluyendo los interiores. Además, este lugar ha sido ampliado," dijo Amanda.

"Sí, yo diría que el lugar lo necesitaba, todos necesitamos aceptar los cambios cuando el tiempo lo requiera," respondió Jeffrey. A esto, Amanda sonrió.

"Sin embargo, el lugar se ve hermoso," dice Amanda.

"Como tú," dijo Jeffrey en un lento susurro.

"¿Dijiste algo?"

"Um, nada. Sólo estaba de acuerdo con lo que dijiste," respondió Jeffrey.

"Si tú lo dices, está bien," dijo Amanda.

Jeffrey dio un suspiro de alivio. Amanda casi lo había atrapado.

Como ayuda divina, el camarero intervino para tomar sus órdenes, y Amanda se olvidó de esto.

Amanda y Jeffrey comenzaron a hablar de diferentes temas hasta que el camarero volvió con las bebidas.

Ambos tomaron un sorbo de sus bebidas y luego Amanda dijo: "Sabes qué, durante nuestra primera entrevista, tu acento inglés me había puesto nerviosa sin medidas."

"No lo creo."

"Ajá, ¿por qué no lo crees?" respondió Amanda con intriga.

"Debe haber sido el periodista," respondió Jeffrey con una sonrisa.

"Tal Vez."

"Bueno, bueno, Amanda, ¿sabes por qué tenía tantas ganas de conocerte?" preguntó Jeffrey.

"Me gustaría saber," sonrió Amanda.

"Mira, en mi experiencia como periodista y después de conocer las historias de mucha gente, sé una cosa. Nunca debemos dudar o esperar en reconocer y compartir nuestros sentimientos. Esta vida es demasiado corta para esperar. Nadie sabe cuándo vamos a dar nuestro último aliento."

"Oh Dios, ¿qué pasó, Jeffrey?" Amanda estaba tensa.

"Amanda, lamento traer este tema, pero ya he hecho toda mi espera. Ya ha pasado suficiente tiempo para decidir en tu vida. Eres una mujer hermosa, con todas las características que todo buen hombre quiere encontrar en una mujer. ¿No has pensado en empezar de nuevo?"

"Um, Jeffrey, ¡no vayamos allí!" Amanda soltó el tema bruscamente.

"No, tenemos que hacerlo. Quiero una respuesta. ¿Por qué te

haces esto a ti misma? ¿No te sientes digna de ser amada?" impresionó Jeffrey.

A esto, Amanda abrió la boca, pero nada salió. Como si su boca se hubiera secado, o tal vez ella también comenzó a reflexionar en lo que dijo Jeffrey.

"Di algo, Amanda," Jeffrey hizo que Amanda volviera a prestar atención al tema.

"Jeffrey, mi querido Jeffrey, tendré problemas para responder a esta pregunta. Si era tan digna de ser amada, ¿por qué no fui amada por mi marido? ¿Por qué me dejó? En esta etapa de mi vida, siento que será difícil empezar de nuevo. No puedo prepararme para soportar el mismo dolor una vez más. ¿Y si yo fuera la que no pudiera mantener una relación? ¿Y si yo fuera la que causó la perdición de mis 25 años de vida de casada?"

"Pero, tu exmarido te engañó, Amanda. ¿Cómo puede ser esto culpa tuya?"

"Él me fue infiel, ¡lo sé! Pero tal vez no fui capaz de amarlo lo suficiente, o no era una ama de casa."

"Amanda, por favor."

"Dime, ¿cómo sé que no se repetiría lo mismo? No puedo volver a sufrir una angustia, porque esta vez no podría recoger los pedazos de mi corazón roto."

"No puedes pensar así. ¡Cada ser humano en este mundo puede vivir una vida feliz y tú también! Depende de ti darte una oportunidad, y deberías hacerlo -dijo Jeffrey en un tono persuasivo.

"Jeffrey, mira, aunque intente darle una oportunidad a alguien en mi vida, conocerlo me llevará mucho tiempo, y no tengo ese tipo de tiempo para invertirlo ahora mismo. Sé lo que piensa la mayoría de los hombres, no quieren compromisos a largo plazo," dijo Amanda.

"Pero no todos los demás hombres son así. Puede haber hombres que te quieran," dijo Jeffrey en un tono suave.

"¿Por qué un hombre me querría? Mi belleza se está desvaneciendo.

Mírame, mi cara ya tiene arrugas. ¡Dime una cosa! ¿Me quieres a mí? ¿Te sientes atraído por mí?" preguntó Amanda.

"Yo..." Esta repentina pregunta puso a Jeffrey nervioso y sin palabras.

"Dilo. Por favor, Jeffrey, no te contengas. Estoy abierta a cualquier tipo de respuesta," impresionó Amanda.

Antes de que Jeffrey pudiera decir una palabra, el camarero vino con el pedido. Tanto Amanda como Jeffrey terminaron su cena en silencio. Jeffrey hizo todo lo posible por no hablar.

Amanda no dejaría pasar esto así. Poco después de que terminaran de cenar, ella dijo: "Así que aún no has respondido a mi pregunta."

"Amanda, no quiero que mi respuesta honesta arruine nuestra amistad. Deberías entender que eres muy valiosa para mí. No puedo perderte por ninguna estúpida confesión," dijo Jeffrey.

"¿Estúpida confesión? ¿No puedes darme una respuesta? Soy una mujer de cincuenta y cinco años y he pasado por momentos muy difíciles en mi vida. Nada puede quebrarme así; adelante," aseguró Amanda.

En esto, Jeffrey sonrió y dijo: "Mira, me gustas mucho. Nunca confesé esto por miedo a perderte como amiga. La primera vez que te vi, quise invitarte a salir poco después de que la entrevista había terminado, pero las palabras no me salieron; sabía que una mujer como tú nunca habría estado de acuerdo."

"Estás tan seguro de mí y tan inseguro de ti mismo," dijo Amanda mientras continuaba riendo.

"Entonces dime, ¿cuál habría sido tu postura?" preguntó Jeffrey.

"Mira, te admiro mucho. Me siento viva cuando estoy cerca de ti. Me siento la más feliz. Me siento despreocupada, me siento satisfecha y me siento que estoy viviendo. Así es como puedo definir tu presencia para mí. No habría esperado para decirte esto, pero todavía tengo miedo de empezar de nuevo, aunque sea contigo."

"Date una oportunidad, Amanda. Estoy feliz de que tú sientas lo mismo. Deja que las cosas sean. Todo caerá en su lugar."

"¿Cómo?"

"Te diré cómo: sólo haz un compromiso conmigo."

"¿Qué compromiso?" preguntó Amanda en su desesperación.

"Sólo sigue pasando tiempo de calidad conmigo."

"¡Me encantaría, Jeffrey!"

"Entonces iremos a un evento este viernes. Es un evento de un profesor de español conocido como Uncle P. y ¡No puedes decir que no!"

"¡Te acompañaré!" respondió Amanda con una sonrisa en su cara.

Con esto, los dos sonrieron y disfrutaron un delicioso postre antes de dar por terminada la noche.

****

Era lunes por la mañana, un día soleado y brillante.

A las nueve de la mañana, Oliver recibió una llamada telefónica.

"¿Hola?" dijo Oliver mientras cogía la llamada.

"¡Mi hijo! ¿Cómo estás?" respondió la mujer de la llamada.

Era Betty, su Madre.

"Mamá, estoy bien ¿cómo estás?" respondió Oliver con gran energía. Estaba feliz de escuchar su voz.

"No estoy bien," dijo Betty.

"¿Por qué? ¿Qué pasó? ¿Llamaste al doctor?" Oliver estaba desconcertado.

"Como hace tanto tiempo que no veo a mi hijo y mis nietos, quiero ir a visitarlos. ¿Están en casa?"

"Mamá, me has asustado," respondió Oliver.

Sobre esto, Betty comenzó a reírse.

"Hijo mío, sólo te estaba tomando el pelo, y debería de hacerlo de vez en cuando; no echas mucho de menos a tu madre. Esta es mi manera de mostrar mi importancia," dijo Betty.

"Este no es el caso, mamá. Eres muy importante y valiosa para mí. Ahora, dime cuando planeas venir."

"Ahora mismo," respondió Betty en un tono cálido.

"Claro, estamos todos en casa."

"¡Nos vemos entonces!" Betty colgó.

En ese momento, Sofía, que hacía todo lo posible por llegar a tiempo a la casa del Sr. Anderson, se quedó atascada cerca de una obra en construcción debido a la gran afluencia de tráfico. Esto se debió a que todas las demás carreteras estaban en construcción. El tiempo que pasaba en el tráfico la ponía ansiosa. Sabía que llegaría tarde y por eso llamó al Sr. Anderson para informarle de antemano.

Tan pronto como el Sr. Anderson atendió la llamada, ella le dijo: "Lo siento mucho, Sr. Anderson, pero creo que hoy voy a llegar tarde. Estoy atrapado en el tráfico."

"No hay problema, Sofía. Tómate tu tiempo."

"Oh, también, ¿cómo estás?" respondió Sofía con nerviosismo. Ella había empezado sin saludar y por lo tanto estaba tratando de compensarlo.

"Estoy bien, Sofía. Por favor, conduce con cuidado; hablaremos una vez que llegues aquí," respondió el Sr. Anderson. Él sonreía por teléfono al ver cómo Sofía intentaba cubrir la situación.

"Muchas gracias, Sr. Anderson. ¡Nos vemos!"

Betty llegó a la casa de Oliver en unos diez minutos. Oliver escuchó el sonido de la bocina de un auto. La puerta principal se abrió, y el automóvil se estacionó dentro. Cuando Betty salió del automóvil, Oliver, de pie en el balcón del segundo piso que daba al jardín, vio a sus hijos correr hacia ella. Betty abrazó a Leslie y Antonio y los tres entraron en la casa. Oliver bajó a saludar a su madre. Ella abrazó a Oliver.

"Oh hijo mío, estaba deseando verte," dijo Betty.

"Yo también, mi querida madre," respondió Oliver.

Con esto, Oliver llevó a su madre a la cocina donde él iba a preparar el desayuno para él y los niños. Betty se sentó en un asiento junto al mostrador de la cocina y vio a su hijo luchando por preparar sándwiches para el desayuno. Se levantó, se lavó las manos, tomó el cuchillo y la rebanada de pan de las manos de Oliver, y comenzó a preparar los sándwiches.

Mientras preparaba los sándwiches, dijo: "Ya es hora de que traigas una esposa para ti, para que tu vieja madre no tuviera que pasar a prepararte los sándwiches, querido."

"Madre, por favor, no hablemos de esto por la mañana," respondió Oliver.

"Escucha, seguiré trayendo esto hasta que estés de acuerdo con lo que digo. ¡Mírate! ¿Por qué tienes que hacer todo esto tú solo? ¡Mereces la felicidad y una compañía! ¿Qué estás esperando? ¿Por qué no te das otra oportunidad?"

"Tengo muchas responsabilidades, y no tengo tiempo para buscar una esposa. Mis hijos están creciendo, y yo quiero dedicarles tiempo," respondió Oliver.

"¿Así es como te justificarás?" Betty respondió. "¿Por qué no traes una excusa que tenga el potencial de sostenerse? La niñera es la que se ocupa de ellos. Escúchame, Oliver, Antonio y Leslie necesitan ver una figura femenina en la casa; eso también sirve para crecer en un ambiente familiar completo. Una vez que tus hijos crezcan, estarán ocupados en sus vidas, y ¿qué harás entonces?" preguntó Betty.

"Mamá..."

"Escucha, no he terminado todavía." Esta vez, Betty se puso furiosa. Era como cualquier otra madre que no podía ver a su hijo sufrir. Ella continuó: "¿Cuánto tiempo vas a estar así? ¿Por qué te penalizas a ti mismo? ¿Cómo sabrá Leslie qué buscar en su amor si no lo ve en su casa? ¿Y qué aprenderá Antonio? ¿Cómo sabrá tratar bien a una mujer una vez que se case? Estos niños están pequeños todavía y si consigues una mujer que los entienda y los ame, y también a ti, tu vida cambiará para bien."

Oliver no respondió.

"Hijo, sé que serás el mejor marido, ya lo fuiste una vez, pero tu mujer se ha ido al cielo y no volverá jamás. ¿Por qué quieres privar a esta casa de una mujer, a ti mismo del amor, y a tus hijos de una madre?"

"¿Por qué estás tan preocupada por mí, madre? Ya soy suficientemente amado por ti y por mis hijos. No necesito más. Soy un adulto. También puedo cuidarme a mí mismo."

"Sí, puedo ver cómo podrías preparar tu desayuno."

Betty le cogió las manos y le dijo: "Todavía no me has dicho por qué no quieres darte una oportunidad. Dímelo, así podré liberarte de tus inseguridades, hijo mío."

"Madre, tengo miedo de empezar una nueva relación. En la posición que estoy, será difícil encontrar a alguien que pueda amarme por lo que soy y no por lo que tengo. Conozco a muchas mujeres que se enamoraría de mi dinero en lugar de mí. ¿Cómo puedo confiar en alguien en un mundo así? Aparte de eso, no me gustaría ver a alguien maltratando a mis hijos. Sabes que son el tesoro que mi difunta esposa dejó para mí, y no puedo verlos heridos. Si alguien les hace daño, ¿me perdonaría yo alguna vez? Encontrar a alguien que los trate como lo hizo su madre y que tenga amor por mis hijos será una tarea difícil de completar. Espero que ahora me entiendas."

En ese momento, Sofía entro por la puerta que ya estaba abierta. Los niños corrieron hacia ella, la abrazaron y la besaron.

"Sofía, te extrañamos," gritó Leslie.

"Pensé que no vendrías hoy," añadió Antonio.

"¿Por qué no iba a venir a estar con ambos?

Tengo muchas ganas de que llegue el lunes," respondió Sofía. Con esto, Sofía abrazó a los niños una vez más.

Los niños dijeron: "Te queremos, Sofía."

"Sofía los quiere más," respondió Sofía.

Betty y Oliver vieron y escucharon todo desde la cocina. Entonces su madre lo miró y sonrió.

"Ahora, ¿qué significa esa mirada tuya, madre?"

"La mujer que te amará a ti y a tus hijos está delante de ti. Alguien que nunca les hará daño a ellos y que no va detrás de tu dinero; ella ha estado ahí durante tanto tiempo, delante de tus ojos, y que has elegido ignorarla," respondió Betty.

"Madre, Ella es la..."

Betty le cortó las palabras y dijo: "¿Y? ¿Qué hay de malo en eso? Hijo mío, la felicidad ya ha llamado a tu puerta y sólo tienes que elegir una de dos opciones. O la dejas entrar, o la dejas fuera. Tú eliges."

Antes de que Oliver pudiera responder, Sofía se acercó a ellos y saludó a Betty y Oliver.

"Siento mucho llegar tarde," dijo Sofía.

"Oh, está bien, cariño," respondió Betty.

"Sofía, ¿por qué te preocupas tanto? Todo está bien," dijo Oliver.

"Siento que he estado cometiendo errores últimamente."

"No, no lo has hecho," respondió Oliver.

"También no fui amable con respecto a la conversación del sábado pasado. Me disculpo por no haber respondido a su pregunta. La cosa es que me sentí un poco incómoda para responder a su pregunta, pero no debería haber evitado su pregunta de esa manera. Lo siento," suplicó Sofía.

"Sofía, no te preocupes; esa pregunta era personal. No tienes que disculparte," respondió Oliver.

Entonces, Betty, deseosa de saber de qué se trataba la conversación, intervino y dijo: "¿Por qué no nos encontramos en mi casa esta tarde? Prepararé la cena temprano y todos podremos sentarnos a la mesa y hablar. ¿Qué piensan los dos?"

Oliver miró a su madre con una expresión de desaprobación. Luego dijo: "¿Qué dicen Antonio y Leslie?"

"¡Sí, sí, sí!" -dijeron ambos niños.

Estaban emocionados por ir a cenar a casa de la abuela junto con Sofía.

"Estoy dispuesto; ¿qué dice Sofía?" dijo Oliver.

"No lo sé. Quería llegar a casa temprano esta tarde para organizar algunas cosas," respondió.

"Sofía, no puedes estar en desacuerdo; por favor, únete a nosotros," dijo Leslie.

"Sí, por favor," impresionó Antonio.

"Um, está bien," respondió Sofía.

Los niños dieron un grito de alegría "¡Siii!

¡Será divertido!" dijo Antonio.

"Entonces la cena está arreglada para esta tarde. Necesito irme a trabajar. Los veré a todos por la tarde" - dijo Oliver.

"Voy a llevar los niños al parque de diversión; los veré por la tarde." Con esto, Sofía tomó a los niños de las manos y se dirigió a su automóvil. Betty se despidió de Sofía y los niños y luego dijo: "Oliver, quédate. Necesito hablar contigo unos minutos."

***

Después de pasar un día feliz en el parque de diversiones, Sofía y los niños llegaron a la casa de Betty. La cena estaba lista. El olor aromático llenó la cocina.

"Debe estar muy delicioso," dijo Leslie.

"Sí, querida," respondió Sofía.

"Lo quiero ahora. Por favor, por favor," gritó Antonio.

"Espera, querido, sentémonos todos a la mesa. Deja que venga tu padre."

"Estoy aquí," dijo una voz. Oliver había entrado.

"¡Papá! ¡Ven, vamos a comer, vamos a comer!" dijo Leslie mientras corrió hacia él.

"Hace calor aquí. Ajustaré la temperatura," dijo Oliver.

Todos se sentaron a la mesa y comenzaron a comer. Después de la cena, Antonio y Leslie fueron a ver caricaturas mientras Betty, Oliver y Sofía hablaban en el comedor.

"¿Cuánto tiempo llevas en el estado de Maryland?" preguntó Betty.

"Quince años. Dejé la República Dominicana cuando tenía veinte años," respondió Sofía.

"Me hubiera gustado visitar la República Dominicana; algunos amigos me dijeron que es hermosa. ¿Alguna vez regresaste a la República Dominicana? ¿O planeas ir allí? ¿Tal vez para visitar o para mudarte?" preguntó Betty.

"No, no he regresado, pero estoy en contacto con algunos miembros de mi familia. Me dicen que mucho ha cambiado desde que me fui; además, que no podría reconocer la mayoría de los lugares cuando fuera allá. Quisiera visitarla, pero no quisiera mudarme. Anhelo abrazar a los miembros de mi familia, pero no puedo salir del país."

"¡Oh, Dios mío! ¿Por qué?" preguntó Betty con curiosidad.

"Tengo un permiso de trabajo ahora mismo. Presenté los documentos para solicitar la tarjeta de residencia hace diez años, y todavía estoy esperando que el departamento de inmigración me ponga al día sobre cómo va el proceso. Si me voy, no podré volver nunca más," respondió Sofía en voz baja.

"¿Quién más de tu familia vive aquí?" preguntó Betty.

"Tengo a mi padre que vive en Nueva York y dos hermanos que son más jóvenes que yo; ellos tienen sus propias familias y viven en Nueva Jersey."

"¿Y tu Madre?"

"Ella murió cuando yo tenía diez años. Mis hermanos y yo

crecimos con nuestros abuelos. Siento que no haya podido pasar mucho tiempo con mi madre. Se fue de este mundo demasiado joven. Su nombre era Christina. Era una mujer muy bella. Después de la muerte de mi madre, mi padre inmigró a esta nación en busca de un mejor futuro para nosotros," respondió Sofía.

Oliver y Betty podían ver lágrimas en sus ojos. Se había quedado sola y varada en este mundo. Este fue un momento de silencio y gran inquietud.

"Siento oír esto," dijo Oliver para romper el silencio.

"Lo siento, querida," añadió Betty.

"Dos años y medio cuidando a mis hijos y nunca me había sentado a conocer de tu vida. Nunca pensé en los momentos difíciles que habías atravesado. Eres una mujer fuerte. Quiero pedir una disculpa por eso. No debería haber sido tan despreocupado," añadió Oliver.

"Sr. Anderson, no tiene que hacerlo. Yo entiendo. Tienes una vida muy ocupada. Todos tenemos una vida muy ocupada. Creo que a veces estamos tan ocupados en los asuntos de nuestras vidas que nos olvidamos de conocer a las personas que nos rodean. Olvidamos que en este mundo todo es temporal; un día nos iremos y sólo quedarán los recuerdos de las personas que se preocupan por nosotros, creemos que tendremos muchas oportunidades de recuperar el tiempo perdido con las personas que se preocupan por nosotros, pero la realidad está lejos de esto. El tiempo se está acabando y no sabemos cuándo se nos acabara el nuestro. Sin embargo, el reloj está corriendo," dijo Sofía.

Oliver y Betty escucharon en silencio cada parte de lo que Sofía dijo.

"Tienes razón," dijo Oliver en un tono bajo.

"Perder a un ser querido es doloroso; los tres hemos pasado por este dolor. Es difícil dejarlo ir, y los recuerdos, ¡se quedan para siempre!" dijo Betty. "Pero eres joven, y necesitas vivir tu vida. Dime, ¿nunca te has casado o has pensado en tener una familia?"

"Esto es algo que reaviva mis penas y mi felicidad," dijo Sofía mientras una lágrima corría por su mejilla.

"Si no quieres contarlo, entonces está bien; no queremos hacerte daño," interrumpió Oliver.

"Es hora de que deje de ocultar esto a la gente, no porque no pueda dejarlo ir, sino porque siento que lo estoy viviendo una vez más. Pero les diré esto a los dos. Sí, una vez estuve casada. Me casé con el amor de mi vida. Fue como un sueño hecho realidad."

Oliver y Betty escucharon con total atención.

"Hay situaciones en la vida que le ocurren a los seres humanos y no sabemos la razón detrás de esas adversidades. A veces no tenemos respuestas a tales cosas, y siempre nos hacemos esa dolorosa pregunta: ¿Por qué yo?

"Cuando mi familia vino de la República Dominicana, mis hermanos y yo estábamos viviendo en Nueva York con nuestro padre. Allí, en esa hermosa ciudad, conocí a mi marido. Se llamaba Carlos. Después de un tiempo de conocernos, nos casamos. Estaba enamorada de él y él también. Era lo mejor que me había pasado. Después de perder a mi madre, él era el único que podía proporcionarme consuelo. No es que mi padre no me cuidara; hizo más de lo que podía, pero Carlos era diferente. Después de varios meses de casados, mi esposo recibió una oferta de trabajo como contratista de construcción en el estado de Maryland. Me alegré por él y nos mudamos aquí. Nos establecimos en el estado. Como una pareja feliz, nuestra siguiente prioridad era tener al menos dos hijos. Hicimos todo lo posible; ambos queríamos tener hijos, pero no vimos ningún resultado. Visitamos a un médico; nos hicimos varias pruebas. Los resultados de mi marido fueron bien; estaba en condiciones de tener hijos. Sin embargo, el doctor encontró algunos anómalos en mi sistema. Me puso en tratamiento durante unos seis meses, pero incluso después de eso, el médico concluyó que no podía tener hijos."

Betty y Oliver se miraron, pero no dijeron una palabra. Había muchas cosas que no sabían de Sofía.

"Era como si Carlos me hubiera pedido una sola cosa, niños, y no podía dársela. Visitamos a otro médico para escuchar una segunda opinión, y los resultados fueron los mismos. Fue devastador para mí como mujer, cuando quieres dar hijos al hombre que tantas amas. Incluso le dije que me dejara y se casara con otra mujer que fuera fértil. ¡Pero él me quería tanto que encontró otra manera! Acordamos adoptar un bebé. Antes de completar el proceso, una tarde de regreso a casa, recibí una llamada que destrozó mi mundo. Mi marido tuvo un accidente, donde murió en el acto. Ese accidente me devastó. El accidente fue causado por un conductor que estaba bajo la influencia del alcohol. Un conductor borracho me quitó toda mi felicidad. El hombre que amaba me había dejado sola en este mundo."

Las lágrimas corrieron por las mejillas de Betty.

"Mi mundo se había caído. No sabía a dónde ir. No sabía cómo encontrar consuelo. No podía creer que había perdió todo en un parpadeo. ¡Estaba tan ansiosa por tener un bebé y ver lo que la vida me tenía reservada! Después de un tiempo, decidí que, si no podía ser mamá, entonces podía ayudar a otra madre a cuidar de sus hijos. Por lo tanto, elegí esta carrera. Estuve trabajando en una guardería durante unos meses, pero el trabajo disminuyó y me despidieron. Todavía anhelaba tener hijos. Después de Carlos, lo único que me hacía feliz eran los niños. Luego, encontré un aviso en el periódico donde un abogado buscaba una niñera para cuidar a sus hijos. Nunca pensé que podría conseguir este trabajo por los requisitos. Aun así, me arriesgué y me presenté, y aquí estoy. Este trabajo ha sido una gran experiencia."

Sofía se detuvo y comenzó a beber un poco de agua. Betty miró a Oliver y sonrió, para su sorpresa, él también le devolvió la sonrisa.

Antes de que Sofía pudiera decir algo más, todos ellos oyeron a Antonio y Leslie peleando por el control remoto.

En esto, Sofía se levantó para apaciguar la tensión entre ellos. "Por favor, discúlpeme. Déjame ver lo que está pasando." Con esto, ella dejó la mesa.

Ella les dijo algo a los dos, Betty y Oliver no podían oír, pero ven que Antonio y Leslie dejan de pelear.

En esto, Betty se vuelve hacia Oliver y le dice: "¿Qué más quieres? ¿Tienes alguna otra repercusión?"

"Madre, dime, ¿cómo lo haría? ¿Es tan fácil invitar a alguien a una cita?"

"Si tú no lo haces, estoy seguro de que alguien más puede hacerlo," respondió Betty.

"Oh madre, ¿qué haré contigo?" respondió Oliver.

"No hagas nada, sólo actúa en lo que yo diga. Sofía es hermosa, dulce, cariñosa y social. Ella es la mujer que necesitas en tu vida, lo sabes, Oliver," respondió Betty mientras impresionaba su punto.

Entonces Betty levantó la vista, puso su mano derecha sobre su pecho y dijo: "Mi querida Elizabeth, debes ver a tu esposo desde el cielo. Él necesita otra mujer en su vida ahora, tus hijos necesitan una madre, y yo sólo estoy tratando de ayudarlo. Sé que también aprobará lo que estoy diciendo. ¡Él te amó con todo su corazón!" Al terminar su oración, Sofía volvió a la mesa.

"Los niños te escuchan, ¿no?" dijo Betty.

"Estos niños son bien educados; causan pocos problemas para mí. Antes que se me olvide, tengo otra cosa que decirles" respondió Sofía.

"¿Qué es?" respondió Oliver.

Sofía metió la mano en su bolso y sacó las entradas que tenía para el evento.

"Estos son los boletos que escogí para un evento llamado

Desafiando lo Desconocido. Estas son tres entradas. El Sr. Anderson puede ir con los niños y pasar un buen rato con ellos."

"Um, hagamos una cosa. Puedo cuidar a los niños mientras ustedes van al evento. ¡Escucharemos la historia de ambos! ¿Cómo suena esto?" dijo Betty.

"¿Por qué yo y no los niños? Pueden pasar algún tiempo con su padre," dijo Sofía, mientras una leve sonrisa aparecía en su rostro.

"Primero, esto es porque ustedes dos son adultos y pueden prestar mucha más atención y tomar lecciones de la historia, y segundo, el evento es por la noche, los niños se van a dormir y no escucharán la historia, de todos modos,"

"Mamá, ¿tienes el aire encendido? Se está poniendo caliente aquí," dijo Oliver.

"Oliver, no me hagas reír. Pero si tú mismo ajustaste la temperatura cuando llegaste," dijo Betty mientras se reía.

"¿Qué puedo decir? Es la decisión del Sr. Anderson," dijo Sofía.

"Um, está bien; podemos ir, pero con algunas condiciones," respondió Oliver.

"Déjame escucharla."

"Primero, no me llamarás 'Sr. Anderson' de ahora en adelante. Segundo, me darás el honor de recogerte de tu apartamento; y el tercero es, salimos a cenar antes de ir al evento. ¿Qué dices?"

"Bien, Sr. Anderson, quiero decir, Oliver. Te enviaré un mensaje de texto con mi dirección," dijo Sofía.

Oliver se sonrojó.

"Me alegro de que ambos pasen un tiempo junto," dijo Betty.

En esto, Sofía se sonrojó.

"Bueno... me gustaría despedirme ahora. Que tengan una feliz noche. Me despediré de los niños y me voy," dijo Sofía.

"Queríamos que te quedaras," añadió Betty.

"Lo siento, pero tengo que irme."

"Está bien. ¡Oliver, querido! -dijo Betty.

"¿Sí, Madre?"

"Llévala a su automóvil, por favor, y dale una cálida despedida," instruyó Betty.

Sofía se sonrojó de nuevo.

"Claro, madre," dijo Oliver mientras acompañaba a Sofía a la entrada principal.

Sofía abrazó a los niños y se despidió de Oliver. Se subió a su automóvil y se fue. Oliver no dejaba de saludar hasta que su automóvil estuvo fuera de la puerta principal. Empezó a ver a una potencial compañera de vida en Sofía.

Betty vio esto por la ventana. Miró al cielo y dijo: "Oh Elizabeth, por mucho que quisiera que estuvieras aquí con mi hijo y los niños, estoy feliz de que mi hijo haya empezado a encontrar la felicidad en otra persona." Tú también eres madre, y entenderías por qué lo empujé hacia Sofía. Es una buena mujer. No sé cuánto tiempo estaré aquí para cuidarlo. No podía dejarlo así. Tú, mi niña, eras irreemplazable."

"¿Hablando contigo misma, abuela?" dijo Leslie por detrás.

"No, mi niña. Ven, déjame contarte una historia y te llevaré a la cama," respondió Betty mientras llevaba a Leslie al dormitorio.

7

Oportunidades

El avión aterrizó en Baltimore, Maryland. Ariana se bajó del avión, buscó su equipaje y se dirigió hacia la salida. Al salir del aeropuerto, vio a su hermana Laura con su esposo Henry y su linda hija Lily. Cuando Lily vio venir a Ariana, corrió hacia ella. Una gran sonrisa apareció en la cara de Ariana al ver que Lily venía a abrazarla. Se puso de rodillas y abrazó a Lily fuerte.

Una vez que terminó de abrazar y besar a Lily, Ariana se puso en pies y abrazó a Laura y Henry.

"Tres años, mi querida hermana, tres años; se sintió como toda una vida sin ti," dijo Laura mientras abrazaba y apretaba a Ariana en sus brazos. Ambas hermanas tenían lágrimas en los ojos.

"Vámonos a casa, señoritas; ustedes pueden pasar el resto del día llorando y abrazándose," dijo Henry mientras abrazaba de nuevo a Ariana y tomaba a Lily en sus brazos.

La familia reunida caminó hacia el automóvil. Entraron y se fueron a casa. Cuando Ariana entró en la casa de su hermana, sintió que era lo que necesitaba: una familia. Lo que más echaba de menos era su familia; hacía tres años que no venía a este lugar, pero parecía que nunca se había ido. Ariana se quedó en el pasillo, acostumbrándose al lugar.

Lily corrió de una esquina a otra. "Ari está en casa, Ari está en casa," gritó con gran entusiasmo.

"Entra, cariño," dijo Laura mientras sostenía la mano de Ariana.

"Estaba mirando que todo ha cambiado, pero parece que conozco cada rincón de esta casa. Es tan bueno estar de vuelta; esto es lo que necesitaba," dijo Ariana mientras apretaba la mano de Laura.

"Sabes que has llegado en el momento justo. Ya tengo dos meses de embarazo y mi bebé merece saber que la tía Ariana lo quiere mucho," dijo Laura.

"¡Oh, Dios mío! Estoy muy emocionada por tu bebé" respondió Ariana. Su rostro estaba radiante.

"Háblame de ti, hermanita. ¿Cómo has estado? ¿Cómo está tu vida personal? ¿Y cómo te trata tu trabajo?" preguntó Laura mientras llevaba a Ariana a la sala de estar.

"Todo está bien, excepto que he tenido algunos pequeños desafíos en el trabajo. Hay gente que no puede soportar el hecho de que uno también esté haciendo su trabajo y que se le aprecie por ello. Para ellos, siempre encontrarán una excusa para decir algo negativo y hacer que la otra persona se sienta mal. Los celos profesionales me impiden respirar en el trabajo," dijo Ariana.

"Entiendo, mi hermanita, esa clase de gente está en todas partes."

"Pero esta es la influencia negativa que me desmotiva, ¡mucho!" respondió Ariana.

"Podemos hacer una cosa por ti," dijo Laura. Ella estaba deseosa por presentarle esta idea.

"¿Qué?" preguntó Ariana. Ella también quería un escape.

"Contéstame a esta pregunta: ¿Te gustaría mudarte de vuelta a esta zona? Así podemos estar cerca. No puedo esperar otros tres años para volver a verte. Sé que quieres tu privacidad, pero aquí tienes un lugar para quedarte hasta que puedas estabilizarte y vivir donde quieras."

"Yo... nunca he pensado en esto," dijo Ariana. No tenía palabras. Esta idea nunca se le había ocurrido.

"Ya le propuse esta idea a Henry, y a él le gustó, así que, por favor, Ariana, considera esto una vez," impresionó Laura.

"Ya veré. Necesito tiempo para pensar en esto," respondió Ariana.

"Aparte de ser mi hermana menor, también eres mi única hermana y no me gustaría que algo te sucediera viviendo a distancia. Me gustaría que estuvieras tan cerca como antes cuando vivíamos en la Florida. Me paso todo el día pensando en ti, en tu salud y en tu felicidad. Te quiero lo más cerca posible," respondió Laura.

"Está bien, lo consideraré," respondió Ariana en voz baja.

"¡Sí!" Laura aplaudió.

"Vamos a la cocina a preparar algo delicioso; después de tres años, ha llegado mi querida hermanita," añadió Laura mientras se reía.

"Claro, hermana..." respondió Ariana. Se dirigieron a la cocina.

***

Un nuevo día comenzó. El sol salió brillando intensamente. La luz del sol entró por la ventana de cristal y golpeó la cara de Ariana. Se despertó. Encontrarse en una cama acogedora en la casa de su hermana y lejos de las condiciones de trabajo problemáticas había puesto una sonrisa radiante en su rostro. Se levantó de la cama, se duchó y corrió abajo. Estaba deseando pasar este día con Lily y Laura. Eran las nueve de la mañana, y Henry ya se había ido a trabajar. Cuando bajó las escaleras, pudo oler deliciosos panqueques. Lily estaba sentada en una silla junto al mostrador de la cocina, y Laura estaba preparando el desayuno.

"Buenos días, bellas damas," dijo Ariana en voz alta. "¡Bienvenida tía Ari!" dijo Lily.

"Buenos días, querida hermana," respondió Laura mientras ponía los panqueques en los platos.

"Este fue el mejor sueño que he podido tener en años," dijo Ariana.

"Me alegro," respondió Laura.

"He preparado tu desayuno favorito, panqueques de plátano con mermelada de caramelo, toma asiento," añadió.

"¿Podría ser este día mejor?" dijo Ariana mientras tomaba asiento y comenzaba a comer.

Una vez que terminaron de desayunar, Lily salió a jugar con el perro y Ariana ayudó a Laura con los platos. Las hermanas hablaron de los viejos tiempos, de su infancia y de sus padres. Ariana le contó a Laura sus historias del hospital. Compartió sus miedos y cómo se sentía sola. Cómo necesitaba que su familia estuviera cerca, pero no fue capaz de llegar a ellos a su debido tiempo.

"¡Ah, hermana mía, ven, dame un abrazo!" dijo Laura.

Ariana corrió a sus brazos. Se estaban abrazando cuando Laura comenzó a sentir algo en su vientre.

"¡Ay!" gritó Laura.

"¿Cuál es el problema, hermana? ¿Estás bien?" preguntó Ariana preocupada.

"Yo... yo... ¡Oooh! ¡Siento dolor en mi vientre!" Con esto, Laura intentó apoyarse en el mostrador de la cocina.

"Espera, espera," dijo Ariana.

Aunque había visto muchos pacientes en su trabajo, esta era su hermana. Empezó a sudar en tensión. "Yo... déjame traerte una silla."

Ariana consiguió una silla del otro lado del mostrador y la hizo sentarse. "Espera hermana, déjeme llamar a la ambulancia."

La ambulancia llegó en cinco minutos. Laura estaba gritando. Lily ya había entrado en ese momento. Estaba sosteniendo la mano de Ariana y llorando. Ariana le había instruido para que mantuviera la calma, y ella lo estaba haciendo.

"¿Mamá estará bien?" preguntó Lily mientras lloraba.

"Sí, lo estará. No te preocupes, confía en mí," respondió Ariana. También estaba preocupada por su hermana. El personal paramédico revisó los signos vitales de Laura, la puso en la camilla y condujo hasta el hospital más cercano. Lily y Ariana también fueron con Laura en la ambulancia. El paramédico le puso una mascarilla de oxígeno a Laura para que no tuviera dificultad para respirar. En el camino, Ariana llamó a Henry para ponerlo al tanto de la situación. Pronto llegaron al hospital. Henry llegó veinte minutos después y encontró a Ariana esperando fuera de la sala de emergencias, sosteniendo a Lily en sus brazos, que continuaba llorando.

"Esto no me gusta; se están tomando demasiado tiempo," dijo Henry. Su cara estaba pálida, como si alguien le hubiera drenado la sangre.

"Henry, no te preocupes! Debemos ser pacientes. Si algo malo hubiera pasado, alguien habría salido y nos habría dado información. Esto es sólo un procedimiento normal. Laura debe estar bien. Es posible que hagan algunas pruebas, por lo que se están tomando tiempo," dijo Ariana. Aquí, ella era la persona adulta y madura. Ella había visto tales situaciones antes y sabía cómo manejarlas.

La puerta se abrió. Dos doctores salieron, se dirigieron a Henry y Ariana. Sin embargo, uno de ellos continúo caminando sin hablar con ellos. Henry detiene al segundo doctor.

"Disculpe, me llamo Henry."

"Hola Henry, soy el Doctor Jolín. ¿Cómo puedo ayudarte?" preguntó el doctor.

"Mi, mi, mi esposa había sido llevada adentro. Laura. Se llama Laura. ¿Está bien?"

"Sí, está fuera de peligro. Siéntese. Venía a hablar con ustedes," respondió el doctor.

"No, no podemos tomar asiento. Dime si puedo verla," preguntó Henry con impaciencia.

"Escúchame, por favor mantén la calma," dijo el doctor.

"Henry, por favor. Todos estamos nerviosos, pero en momentos como estos, debemos mantener la calma, Laura estará bien," dijo Ariana mientras le aseguraba.

"Muchas gracias, jovencita," dijo el doctor. Los cuatro se sentaron, y el doctor continuó.

"Le hicimos algunas preguntas a la Sra. Laura y ella nos dijo que había movido algunas cosas pesadas en la casa antes de preparar el desayuno. Quiero que tengas mucho cuidado con ella y que prestes atención para evitar que lo vuelva a hacer. Además, encontramos que el bebé se había movido de su posición. El hecho de que ella haya movido algunos objetos pesados ha causado todo esto. En este momento, necesita descansar; la mantendremos en observación durante unas horas y luego la dejaremos ir. Queremos estar seguros de que el bebé y ella no están en peligro. ¿Preguntas?" dijo el doctor.

"No," respondió Henry.

"¿Alguna receta?" preguntó Ariana.

"No, como ya ha paso el dolor, no lo encontramos necesario," respondió el doctor.

"Gracias, Doctor, por la información," dijo Henry.

"Pueden verla, pero sólo dos pueden entrar a la vez. La otra persona puede entrar una vez que salgan las dos primeras," instruyó el doctor.

"Ustedes dos van primero. Yo te seguiré," dijo Ariana.

"Bueno, los dejaré. Que tengas un feliz resto del día."

"¡Gracias, doctor, por todo!" respondió Henry.

El doctor se alejó entonces.

Mientras Henry y Lily entraban en la habitación de Laura, Ariana se quedó en la sala de espera hasta que salieran. Durante este tiempo, escuchó a dos enfermeras hablar de la necesidad de tener más personal en el departamento. Ariana se levantó de su silla y fue a donde las enfermeras estaban hablando.

"Saludos, no pude evitar escuchar la conversación que estaban teniendo y me llamó la atención. Me llamo Ariana. Vivo en la Florida y soy una enfermera certificada."

"Encantada de conocerte, Ariana. Soy la enfermera Abby. ¿Cómo podemos ayudarte?" respondió Abby.

"Las he oído hablar de que el departamento necesita más personal. ¿Dónde puedo encontrar más información sobre las posiciones?"

Ariana comenzó a considerar la opción de quedarse con su hermana.

"Puedes ir a la página web del hospital y allí encontrarás más información al respecto. Nuestro departamento necesita más personal para cubrir algunas vacantes," respondió la otra enfermera.

"La doctora que está hablando con el caballero en la silla de ruedas es nuestra supervisora, y es una buena persona. Podemos presentártela y puedes hacerle más preguntas al respecto," añadió Abby.

"¡Eso sería genial! Si no es mucha molestia, me gustaría hablar con ella," dijo Ariana.

"Oh sí, y mira, ella viene hacia acá," dijo Abby. Pronto, la supervisora se acercó.

"Mis niñas, ¿todo está bien?" preguntó la supervisora.

Su compostura era cálida y sonaba amigable.

"Sí, todo está bien. Queremos introducirte a Ariana; ella es una enfermera certificada y vive en la Florida. Ella quiere información sobre las posiciones," dijo Abby.

"Oh, hola, joven, soy la doctora Jaqueline. Primero, muchachas, tienen que volver al trabajo y examinar dos pacientes en las habitaciones 15 y 20. No esperen, ¡Corren!" respondió la supervisora.

"Fue un placer conocerte," dijo Abby.

"Espero volver a verte pronto," dijo la otra enfermera.

"Muchas gracias por su ayuda," respondió Ariana.

"Estamos muy ocupados hoy, y esto seguirá siendo así por la

falta de personal. Tenemos varias posiciones en el departamento. Si estás interesada, puedes ir a la página web del hospital, ver las posiciones de trabajo y llenar tu solicitud." Sacó una tarjeta. "Toma, esta tarjeta, cuando apliques, dame una llamada para programar una entrevista, ¿qué te parece?" preguntó la doctora Jaqueline con una amplia sonrisa.

"Perfecto. Muchas gracias por su tiempo," respondió Ariana.

"No hay problema, para eso estamos aquí: para ayudarnos mutuamente. Escuche que vives en la Florida, ¿Tienes familia en el área?," preguntó la doctora Jaqueline.

"Sí, mi hermana vive aquí con su marido y su hija. Su casa está cerca de este hospital."

"¡Eso es bueno! Ha sido un placer conocerte Ariana. El hospital ofrece buenos beneficios, incluyendo un plan de jubilación. Además, si quieres seguir estudiando, el hospital cubrirá el veinticinco por ciento de los estudios. Piénsalo. Te aseguro que te sentirás como una familia. Espero tener noticias tuyas pronto. Tengo que dejarte. Hasta luego," dijo la doctora Jaqueline.

"Gracias de nuevo," respondió Ariana.

En el mismo momento en que la doctora Jaqueline se fue, Henry y Lily salieron para que Ariana viera a su hermana.

"Estabas tan tensa. ¿Por qué tuviste que hacer eso?" gritó Ariana mientras se sentaba al lado de Laura.

"Ves, que necesito que te quedes conmigo. ¿Me entiendes ahora?" -dijo Laura mientras sonreía.

"Oh, hermana. Hablaremos de esto más tarde, te pones de pie y luego exiges cualquier cosa," dijo Ariana mientras plantaba un beso en la frente de Laura.

Después de tres horas, la doctora Jaqueline fue la que completó los últimos procedimientos antes de que Laura pudiera irse a casa.

"Recuerda que necesitas descansar. Señora, cuídate y cuida al bebé," dijo la doctora Jaqueline mientras señalaba su vientre.

Laura asintió.

"No puedes estar levantando objetos pesados. Además, me gustaría instruir a todos los miembros de la familia para que la cuiden y se aseguren de que no levante nada pesado. Necesito la firma de una persona autorizada," la Dra. Jaqueline instruyó a Henry y Ariana.

Henry firmó los documentos. Estaban todos preparados para irse a casa. Cuando empezaron a salir de la habitación, la doctora Jaqueline detuvo a Ariana y le dijo: "Ariana, espero verte pronto."

Todos salieron del hospital, se sentaron dentro del auto y comenzó el viaje a casa. Durante el viaje, Laura le preguntó a Ariana: "¿Dónde conociste a la doctora Jaqueline?"

"La conocí en la sala de espera. Dos enfermeras me la presentaron. Quería hablar con ella para las vacantes en el hospital y me dijo que hay posiciones disponibles."

"Me has alegrado el día. Es la mejor noticia que he podido escuchar hoy," dijo Laura mientras se regocijaba.

"Entonces, tía, ¿vas a venir a vivir con nosotros?" preguntó Lily con todo entusiasmo.

"Sería maravilloso que vinieras a vivir con nosotros," añadió Henry.

"No, no de esa manera. Si me mudo a esta área, puedo vivir con ustedes por un tiempo, pero luego quiero tener mi apartamento para tener privacidad. Me gusta así," añadió Ariana.

"Me preocupa que Laura se quede sola en la casa," respondió Henry.

"He estado pensando en ello. Me doy cuenta de que mi hermana no descansa. Siempre tiene algo que hacer, y eso me preocupa."

"No te preocupes tanto por mí. Estaré bien. Con respecto a ti, sería una alegría tener a mi hermana cerca de mí," respondió Laura.

"Entraré en el sitio web del hospital y consideraré las posiciones que tienen disponibles," dijo Ariana mientras le daba palmaditas en el hombro a Lily que se había dormido en el asiento trasero al lado de ella. Cuando llegaron a casa, Henry abrió la puerta para que Laura saliera del auto; la ayudó a quitarse el cinturón y la llevó adentro de la casa. Ariana llevaba a Lily dormido en sus brazos.

Había sido un día difícil para todos ellos y todos necesitaban descansar.

***

El martes, la vida se reanudó para todos excepto para Laura. Henry, Ariana y Lily le dieron un protocolo especial.

Intentaron hacer todo lo que pudieron por ella en la mejor de sus capacidades. Henry se tomó el día libre en el trabajo y ayudó a Ariana con las tareas de la casa. Los dos estaban decididos a dejar que Laura descansara lo mejor posible.

No podían seguir la pista del tiempo.

"¡Dios! ¡Ya son las dos de la tarde!" dijo Lily cuando vio una llamada de la madre de una de sus amigas en el teléfono de Laura.

Laura respondió la llamada mientras Ariana y Lily esperaban.

"Te lo haré saber pronto," respondió Laura antes de colgar.

"Era la Sra. Garrison, la madre de Esther. Ella nos estaba invitando a Lily y a mí para un evento que se llevará a cabo en la Escuela Secundaria Williams, donde va el Hermano de Esther," dijo Laura a Lily y Ariana.

"¿Podemos ir, por favor, mamá? Por favor, por favor," dijo Lily.

"Ella ha tomado boletos extras para cualquiera que le gustaría unirse," añadió Laura.

"¡Entonces tenemos que ir, mamá!" añadió Lily.

"Tu padre trabajará hasta tarde este viernes. Sin embargo, nosotros podemos ir si Ariana conduce," respondió Laura.

"Iré si eso hace feliz a mi hermana y a Lily," respondió Ariana.

Lily aplaudió al oír esto.

"Sí, puedo conducir. Sólo tienes que guiarme porque no conozco la zona. Estoy visitando este lugar después de tres años y han ocurrido muchos cambios," añadió Ariana.

"¡No te preocupes, hermana! Yo te guiaré, tú sólo saca los vestidos que llevaremos -respondió Laura.

"Ya estoy emocionada," respondió Lily.

"Claro. Llamaré a la madre de Esther y le diré que nos guarde tres entradas," dijo Laura.

"Podemos pedírselas el viernes," añadió Lily.

"¡Está bien, querida!" respondió Ariana mientras se sentaba al lado de Laura.

***

El jueves fue un gran día para Amanda y Jeffrey. Jeffrey entrevistaría a Amanda. Mil quinientas mujeres asistieron a esta entrevista. Todo el mundo estaba listo. Esta sería una entrevista inspiradora.

Aparte de eso, Jeffrey entrevistaría a la mujer que amaba. La cámara empezó a rodar y Jeffrey levantó el pulgar. Con esto, la entrevista comenzó.

"Gracias a todos por su presencia hoy. Es un placer tenerlos a todos aquí. Y gracias, Amanda, por dedicar algo de tiempo para esta entrevista. Es un honor tenerte aquí, una exitosa mujer de negocios que ha sido un ejemplo a seguir para muchos. Tú eres alguien que nuestra joven generación necesita como su modelo a seguir, ya sean niñas, madres solteras o casadas, eres una verdadera inspiración para no rendirse nunca en la vida," dijo Jeffrey.

"Gracias," respondió Amanda.

"Audiencia, Amanda es una madre soltera, una luchadora, y alguien que ha pasado por momentos difíciles y a pesar de todo, no se ha dado por vencida, y siempre ha salido victoriosa," dijo Jeffrey al dirigirse a la audiencia.

El público aplaudió.

"El honor es mío. Que un periodista como tú me entreviste es algo que no le pasa a todo el mundo. ¡Muchas gracias!" respondió Amanda.

"Para los que no saben, Amada tiene una empresa de cosméticos; su empresa es suplidora para tiendas en todos los Estados Unidos y sigue expandiéndose. Cuéntanos, ¿qué tan difícil fue para ti comenzar tu propia empresa?" añadió Jeffrey.

"Al principio fue difícil. Muchos ven ahora a una mujer de éxito, pero no saben todo lo que tuve que pasar para llegar a este nivel. Cuando empecé este negocio, comencé a vender cosméticos en mi vecindario; imagínate visitando cada casa del vecindario y hablando de los nuevos productos que habían salido. La tecnología no estaba desarrollada como lo está ahora. Empecé esta empresa tocando puertas. Dependía de la conexión directa con los clientes."

"Déjenme decirles algunas cosas sobre esta mujer de negocio: ella vino de una familia pobre; después de que se graduó de la escuela secundaria, sus padres no tenían dinero para enviarla a una buena universidad. Amanda, ¿por qué no nos dices cómo rompiste estas barreras? Cuéntanos sobre tu infancia y cómo empezaste a vender cosméticos," preguntó Jeffrey.

"Cuando era pequeña, mis padres me decían que hablaba demasiado y que podía trabajar en márquetin. De ahí vino la primera idea. Mi madre era ama de casa y mi padre lavaba platos en un restaurante local; no ganaban mucho. El único momento en que podía ver a mis padres era por la noche cuando llegaban a la casa. Estaba ansiosa por cambiar las cosas. El dinero que ganaban era sólo para sobrevivir, para pagar el alquiler, las facturas, la comida y para ahorrar para una emergencia. Mis padres no tenían dinero para enviarme a la universidad. Sin embargo, yo estaba muy interesada en tener mi propia identidad. Me dijeron que, si quería ir a la universidad, necesitaba ganar dinero para pagarla por mi cuenta."

"Ooh," dijo el público.

"No quería terminar como mis padres, así que tuve que encontrar una manera. Empecé a vender cosméticos en mi vecindario. Después del primer año, a los diecinueve años, gané alrededor de quince mil dólares vendiendo cosméticos."

"Maravilloso," dijo Jeffrey.

"Eso era mucho dinero para una joven de diecinueve años. Luego, mi padre se enfermó y tuvo que renunciar a su trabajo, por lo que su parte de dinero desapareció de la casa, y se añadieron sus gastos médicos a la lista. Todos sus ahorros fueron utilizados y luego tuve que ayudar a mi madre a cubrir los gastos de la casa, desde el pago del alquiler, la compra de alimentos, las facturas y los medicamentos de mi padre, yo pagué todo. El dinero y la esperanza de la universidad se habían ido. Dejé de vender mis productos y me conseguí un trabajo. Después de unos años trabajando como limpiadora de casas, me di cuenta de que no quería ese tipo de vida. No estaba hecha para esto. Un día, recordé cuando empecé a vender cosméticos."

Con esto, Amanda hizo una pausa. Ella había estado hablando durante demasiado tiempo. Sin embargo, toda la audiencia, incluyendo a Jeffrey, quería escuchar más de ello.

"Entonces, ¿qué pasó? Estoy impresionado. Por favor, continua," exclamó Jeffrey.

"Entonces, a los treinta..." Amanda hizo una pausa.

"¿Estás bien?" preguntó Jeffrey.

Amanda comenzó a pensar en el momento en que se enamoró del hombre que pensaba que pasaría el resto de su vida.

"Mmm..." Amanda estaba confundida.

"Dijiste que a los treinta..." añadió Jeffrey. Quería que Amanda lo dejara salir todo. Quería que Amanda superara su pasado. Esto sólo podría suceder si ella lo expresaba en voz alta. Así, Jeffrey siguió insistiendo.

Ella continuó: "A los treinta años, volví a vender cosméticos y artículos de belleza nuevamente. De la misma manera que lo había hecho en el pasado, tocando a las puertas de mis vecinos y yendo a todas partes. Fue difícil porque en ese tiempo ya estaba casada y con hijos. Tenía más responsabilidades. Las cosas tomaron una dirección diferente. Después de seis meses, empecé a ver resultados. Empecé a organizarme. Tenía que ir a diferentes lugares para vender más productos. Empecé a tener más clientes a medida que pasaba el tiempo. La demanda comenzó a creer. Debido a la gran demanda, me sentí obligado a buscar una ubicación, y a partir de ahí, comencé a desarrollar la visión del negocio que quería."

"Esto fue una prueba de valor," añadió Jeffrey.

El público siguió escuchando.

"¿Siempre has recibido el apoyo de la gente de tu comunidad?"

Amanda suspiró. "¿Qué es una historia de éxito sin luchas?"

"¿Pero no habías luchado ya por mucho?" preguntó Jeffrey.

"Lo hice, pero esto fue otro golpe a mi confidencia. Muchos se burlaron de mí y dijeron que mi negocio no duraría mucho tiempo. Me dijeron que podían garantizar que mi negocio fracasaría. Otros dijeron que mis hijos serían un impedimento para el desarrollo de mi negocio. Dijeron que el cuidado de los niños y la carrera nunca podrían ir de la mano. Otros que ya habían intentado ese negocio dijeron que la gente se cansaría de comprar los productos y yo terminaría endeudada. Todo el tiempo, tenían diferentes escenarios en sus mentes proyectando un solo resultado: mi fracaso. En algún momento, yo también empecé a temer y a pensar en abandonarlo. La gente siempre trata de desanimarte, pero la diferencia entre los que tienen éxito y los que no lo tienen es el poder decisivo y la voluntad de no abandonar nunca. Las personas exitosas toman la decisión correcta en el momento adecuado. Esto fue lo que hice. No renuncié."

"Todo este esfuerzo, valió la pena. Has levantado tu negocio desde cero. Todos estamos orgullosos de ti," dijo Jeffrey.

"Esta entrevista ha sido perspicaz. Mi último mensaje para todos ustedes es, no dejar que las personas que no han logrado algo en la vida sean tus consejeros. Simplemente no los escuches; no dejes que sus fracasos te guíen ni seas tú portador de la antorcha. Sólo son buenos para matar los sueños. La vida está llena de oportunidades; no la dejes ir. Tenemos sólo una vida, así que aprovéchala al máximo."

Jeffrey se dirigió a la audiencia mientras se volvía hacia ellos. "Démosle un aplauso a Amanda. Ella ha hecho lo que la mayoría no pudo. Ha roto los estereotipos y nos ha hecho sentir orgullosos. Este es el final de la entrevista. Te damos las gracias, Amanda, y agradecemos a todos por estar aquí hoy."

Con esto, la cámara se apagó, y la entrevista terminó.

Unas cuantas personas subieron al escenario para pedir un autógrafo a Amanda y Jeffrey y el resto salió. Entre bastidores, a Amanda y Jeffrey les sirvieron bebidas antes de irse.

"Fue una buena entrevista, Amanda," dijo Jeffrey.

Después de tomar la bebida, Amanda sonrió y dijo, "Sí, sin embargo, te queda una entrevista más en la escuela Williams."

"Y tú vienes conmigo. Podemos cenar antes o después del evento; tú decides," dijo Jeffrey mientras le devolvía la sonrisa. Estaba radiante ante este pensamiento. Ella pudo verlo.

"Antes del evento," respondió Amanda.

"Entonces es un trato," dijo Jeffrey mientras se ponía sus gafas.

***

De acuerdo con los planes, Pedro, Jésica y el entrenador Jengo Roger fueron a reunirse con Rut Solimán. La madre de Alberto y Joel.

La Sra. Rut era más bien una mujer humilde y trabajadora que se esforzaba por llegar a fin de mes.

"Hola, Sra. Rut. Estos son Pedro y Jésica Johnson," dijo el entrenador Jengo.

"Bienvenidos. Por favor, pasen adelante," dijo la Sra. Rut.

Los llevó a la sala de estar.

"¿Desean algo para tomar?" preguntó la Sra. Rut.

"Si, gracias. Me gustaría un vaso de agua," dijo Pedro.

"Yo también," dijo Jésica.

"Para mí también," dijo el entrenador Jengo.

La señora Rut trajo agua para todos, se sentó al lado de Jésica y dijo: "El entrenador Jengo me dijo que ustedes necesitan hablar algo importante conmigo, y es sobre Alberto y Joel. Por favor, díganme. Estoy preocupada."

"Bueno, el entrenador Jengo le explicará lo que está sucediendo," añadió Pedro.

"Bien"

El entrenador comenzó: "Mira, el asunto es, como ya usted sabe, su hijo, Ariel, es el capitán del equipo de baloncesto de Jefferson. El mismo equipo del que forman parte Alberto y Joel. El equipo no pasó las semifinales."

"No, ¿y?" preguntó la Sra. Rut.

"Alberto y Joel han estado intimidando a su hijo, Ariel. Incluso hicieron declaraciones públicas en su contra y lo han estado amenazando desde que terminó el partido. Aunque entiendo que todos queríamos llegar a la final, tratar de bajar la autoestima de alguien no es lo correcto," dijo Jengo.

"Lo entiendo. Esto es inaceptable," añadió la Sra. Rut.

"Déjame mostrarte el video donde han llamado a Ariel." Con esto, el entrenador Jengo le mostró el video de sus hijos.

"Oh, Dios mío. Lo siento mucho, Sr. y Sra. Johnson," dijo la Sra. Rut.

"Nuestro hijo está bajo una inmensa presión. Lo lastimaron. Ya quiere rendirse," dijo Jésica.

"¡Oh no! Su hijo es una joya; él era el jugador estrella. Fue gracias a él que el equipo llegó a las semifinales," dijo la Sra. Rut.

"Ves, también conoces el potencial del joven. No debería ser tratado de esta manera," dijo el entrenador.

"Lo siento. Debí haber sido una mejor madre," dijo la Sra. Rut mientras miraba hacia abajo.

"No digas eso por favor. Lo que nuestros hijos hacen afuera permanece desconocido para los padres," dijo Jésica.

"No, es mi culpa. Tengo que trabajar dos turnos para cubrir los gastos de los tres. Esta es la razón por la que mis hijos han sido descuidados. Eran niños inocentes como todos los demás niños, pero han tenido una dura infancia. Siempre vieron a su padre golpeándome. Han visto violencia en la casa. Su padre manejó borracho y terminó quitándole la vida a un hombre dominicano llamado Carlos. Está cumpliendo su sentencia de la cárcel," dijo la Sra. Rut mientras lloraba.

"Oh Dios. Siento mucho oír eso," dijo Jésica.

Pedro y Jengo se miraron, pero no dijeron una palabra.

"No, lo siento. Esto ha hecho que mis hijos se sientan amargados por la situación que hemos vivido. Están infligiendo a otros lo que les han infligido a ellos dentro de la casa. Vieron a su padre saliendo con otras mujeres, incluso traerlas a casa e insultarme a diario y ahora el tiempo ha pasado factura," añadió la Sra. Rut mientras seguía llorando.

"Sra. Rut, por favor, sea fuerte. Sólo tú puedes cuidar de estos niños. No queríamos hacerte daño. Queremos lo mejor para sus hijos y para nuestro hijo," dijo Pedro.

"Siento haber empezado a llorar así," dijo la señora Rut mientras se secaba las lágrimas.

"No, no tienes que lamentarlo. Todos necesitamos desahogarnos. Dime si podemos hacer algo por usted," dijo Jésica.

"No, está bien. Tuve que desahogarme. Salgo de mi casa a las seis de la mañana y vuelvo a casa justo antes de la media noche. Ni siquiera tengo suficiente tiempo con mis hijos. Todo esto ha sido frustrante para mí," respondió la Sra. Rut.

"Conociendo la realidad que hay detrás de la conducta de Alberto y Joel, puedo entender su situación. Hablaré con mi esposa para ayudarte a conseguir un trabajo que te permita pasar más tiempo con tus hijos. Ella tiene bastantes contactos y puede ayudarle con esto. Es difícil criar a los hijos sin su padre. Estamos todos a su servicio," añadió Jengo.

"Si necesitas algo, si alguna vez le gustaría alguien con quien hablar, aquí le dejo mi número de teléfono. Puedes llamarme en cualquier momento," dijo Jésica mientras le daba a la Sra. Rut su número de contacto.

"Nos iremos ahora; no queremos ocupar todo tu tiempo libre. Muéstreles mucho amor a sus hijos y por favor no los regañes por lo que hicieron. Sólo habla con ellos sobre todo esto. No queremos que sean lastimado más de lo que están," dijo Pedro.

"Sí, por favor, es una petición sincera," añadió Jésica. Con esto, los tres se levantaron. Jésica abrazó a la Sra. Rut, Pedro y Jengo le dieron las manos. Todos ellos salieron de la casa. La familia Johnson se despidió de Jengo y también le agradeció su presencia.

El entrenador se fue a casa y también Pedro y Jésica. Tenían que prepararse para el evento en la Escuela Williams al día siguiente. Ariel los estaba esperando en casa.

***

El viernes se acercó pronto. El estado de Laura era mucho mejor. Estaban todos preparados para el evento. Laura estaba vestida de rosa y Lily y Ariana estaban hermanadas por el día, vistiendo de amarillo.

"¡Esas dos señoritas se ven preciosas!" exclamó Laura.

"¡Gracias, bella hermana!" respondió Ariana.

Era un bonito viernes, y el clima estaba refrescante.

Las tres se sentaron en el automóvil y Ariana condujo.

En el camino, Laura la guio por la ruta. Lily se sentó en el asiento trasero, jugando por teléfono.

"El evento comenzará por la noche. Creo que hemos salido de la casa demasiado temprano," dijo Laura.

"Entonces creo que podemos comer algo. ¿Qué dicen? preguntó Ariana.

"¡Helado!" gritó Lily desde el asiento trasero.

Sobre esto, Ariana y Laura comenzaron a reír.

"¡Está bien, jovencita!" dijo Laura.

"Hay una heladería que tiene los mejores helados de la ciudad. Te diré dónde parar."

"Bien," respondió Ariana.

Ariana detuvo el auto en una heladería, como lo ordenó Laura.

"¿Qué helado las dos quieren?" preguntó Laura al salir del automóvil.

"Mango," dijo Lily.

"Luna azul," respondió Ariana.

"Está bien, traeré las dos cosas," dijo Laura mientras cerraba la puerta del automóvil y entraba en la heladería.

Ariana y Lily esperaron en el automóvil mientras Laura volvía. Abrió la puerta y dijo: "Chicas, vamos a caminar al parque. Está cerca. Tenemos algo de tiempo antes del evento."

"Sí, claro," dijo Ariana mientras ella y Lily salían del automóvil.

Cuando entraron al parque, Lily le preguntó a Laura si podía ir a jugar.

"¿Pero con quién vas a jugar?" preguntó Ariana.

"Veamos. Encontraré a alguien que juegue conmigo," respondió Lily.

"Pero no vayas demasiado lejos," dijo Laura.

Lily encontró dos niñas que jugaban. Laura y Ariana encontraron un lugar donde sentarse mientras miraban a Lily jugando.

"Así que dime..." empezó Laura.

"¿Decirte qué?" preguntó Ariana.

"Sobre tu vida personal. ¿Estás enamorada? o ¿Hay alguien al que amas?"

"Ese fue una historia del año pasado. Desde ese momento, me he concentrado en mi trabajo. No tengo tiempo para enamorarme. Hay muchos que buscan mujeres jóvenes para jugar con sus sentimientos. No puedo perder el tiempo de esa manera," respondió Ariana.

"Pero también estás luchando con el trabajo. Ver a alguien que te gusta traería positividad a tu vida, pero entiendo tu punto de vista" -respondió Laura.

"No, por favor, dame cualquier otra sugerencia," respondió Ariana.

"Cambia tu lugar de trabajo. ¿Quizás mudarte aquí?"

"Tengo miedo de empezar un nuevo trabajo. Ya le he dado unos tres años al lugar donde trabajo, y aunque las cosas no van bien, al menos conozco mis responsabilidades y al personal. Estoy familiarizado con ese lugar. Tengo demasiado miedo empezar de nuevo en otro lugar. No sé cómo será el trabajo y cómo me tratarían, por eso me he quedado donde estoy."

"Pero eres una joven muy trabajadora; tu trabajo hablará por sí mismo, no importa dónde estés," respondió Laura.

"Te entiendo. Los mejores momentos para mí son los momentos de marcar mi tarjeta e ir a casa, el día de pago, y cuando llega el momento de la salida para mis días libres. ¿Hacer esto cuenta como satisfacción laboral?" preguntó Ariana.

¿Estás considerando los trabajos en el hospital de Maryland?" preguntó Laura.

"No, todavía no," respondió Ariana.

"Mamá, tía, ¿de qué están hablando?" Lily había vuelto.

"Estamos teniendo una conversación, cariño. Vamos, ya es hora. Debemos irnos. Ya son las cinco de la tarde," dijo Laura.

"Claro. ¡No puedo esperar a oír la historia! Estoy súper emocionada," respondió Lily.

"También vamos a comer algo más antes del evento, así que vamos a ponernos en marcha," dijo Laura mientras volvían al automóvil.

Laura, Ariana y Lily regresaron al auto y estaban listas para el evento.

Laura encendió el reproductor de música. Fue un buen viaje. "¡Quiero una hamburguesa!" dijo Lily.

"Bien, querida, tan pronto como vea un lugar para la comida rápida, nos detendremos y nos compraremos la cena," dijo Laura mientras miraba a Lily por el espejo retrovisor.

"Sí, sólo dime dónde parar," dijo Ariana mientras continuaba conduciendo.

8

El Evento del "viernes"

Fue el momento en que se consideró que la vida de todos cambiaría. La prensa estaba cubriendo el evento en la escuela Williams.

Jeffrey, el reportero que cubría el evento, fue el centro de atención. Amanda estaba sentada en la primera fila y tenía un asiento reservado para Jeffrey a su lado.

Laura, Lily y Ariana tenían un asiento en la segunda fila. Emma y sus hijos estaban en la parte de atrás mientras que Ariel y sus padres estaban en la tercera fila.

El salón del evento se llenó en unos minutos.

Jacobo, Aidan, Oliver y Sofía fueron los últimos en entrar en el salón.

Jeffrey subió al escenario, se presentó y dijo: "Respetado público, esto es para informarles que el evento comenzará pronto. Uncle P está aquí entre nosotros. Démosle un gran aplauso."

Con esto, el público dio un gran aplauso mientras un anciano de sesenta-y-cinco años subió al escenario.

"Hola a todos. Soy mejor conocido por los estudiantes como

Uncle P. el nuevo profesor de español de la Escuela Secundaria Williams."

"Tal vez te gustaría saber qué significa la 'P'. La 'P' representa la inicial de mi apellido: '*Phipps*'. He emigrado de la República Dominicana a esta gran nación que me ha acogido con mucho amor. Hoy compartiré una historia sobre una aldea que estaba en medio de un gran bosque; donde sus moradores tenían miedo de salir o abandonar aquel lugar. La he titulado '*Desafiando lo Desconocido*'. Todos ustedes deben estar pensando que no les he dicho mi verdadero nombre. Lo encuentro innecesario porque una persona es conocida por los hechos que hace y no por su nombre. Hoy quiero decirles por qué es importante salir de nuestra zona de comodidad y explorar lo desconocido."

El público lo escuchó con toda su atención. Uncle P se sentó en una silla en el centro del escenario. Un asistente escolar había apagado todas las luces del salón y encendió la que estaba encima de Uncle P para destacarlo entre las masas. A partir de ahí, él comenzó con la historia.

"Había una vez una aldea en medio de un bosque donde sus habitantes vivían pacíficamente. Se mantenían a sí mismos con los alimentos básicos para las necesidades de la vida, y comerciaban entre ellos para conseguir lo que les faltaba. El dinero no se utilizaba como modo de intercambio; la gente hacía trueques. Una de las reglas que tenían los aldeanos era que nadie saldría de los límites trazados debido a las amenazas de los animales fuera de la aldea. Esto se debía a que cuando la gente salía de la aldea, a menudo se convertía en la presa de los animales que la rodeaban."

Sumergió a todos en la historia.

Uncle P narró:

La aldea estaba tan tranquila durante la noche que los habitantes podían oír a los lobos y a los tigres.

En el pueblo vivía un adolescente ingenioso llamado José. Siempre tenía preguntas sobre las convenciones seguidas por los aldeanos. Cada noche, cada vez que miraba al cielo estrellado, tenía preguntas para su abuelo. Una noche, cuando José estaba casi listo para ir a dormir en su hamaca, le preguntó a su abuelo Heraldo: "Abuelo, ¿por qué estamos rodeados de muchos árboles y animales feroces?"

A esto, su abuelo respondió: "Esto es porque vivimos en medio de un bosque."

"No, vivimos en una aldea," corrigió José.

"Y nuestros antepasados construyeron esta aldea en medio de un bosque, mi hijo."

"¿Cómo es eso?" José se sorprendió.

"Hace muchos años, nuestros antepasados viajaban en manadas para buscar comida y refugio. Viajaron millas con sus familias. Muchas personas murieron en el curso. Se encontraron con este lugar, en medio del bosque, y encontraron todo lo que necesitaban para vivir. Sin embargo, no era seguro vivir aquí. Por lo tanto, crearon un límite de forma cero fuera de la aldea. Los ancianos prohíben a los aldeanos cruzarlo."

"¿Por qué?" preguntó el ingenioso José otra vez.

"Nuestros antepasados creían que cualquiera que cruzara el límite sería presa de los animales salvajes o acabaría perdiéndose en el bosque. Temían lo que hay ahí fuera. Los aldeanos tildan de loco a cualquiera que piense en cruzar los límites."

"Oh, pero ¿alguien ha intentado hacerlo?" preguntó José.

"Unos pocos lo hicieron, pero no pudieron cruzar el bosque, la mayoría de ellos regresaron y fueron humillados. Los aldeanos se burlaron de ellos por el resto de sus vidas."

"¿Y qué pasó con los que nunca regresaron?"

"Los ancianos nos dijeron que murieron al salir," dijo Heraldo.

"Si alguien tiene la estrategia correcta para ejecutar una misión, puede emerger," dijo José mientras aún miraba el cielo estrellado.

"Tienes razón, mi nieto."

"¿Sabes qué? Cuando yo tenga la edad que la aldea requiere, dejaré este lugar y cruzaré el bosque. Abuelo, ¿crees que podría hacerlo?" -dijo José.

"Sí, sé que puedes hacerlo, mi nieto. Cualquiera con la estrategia correcta puede hacerlo. ¿Sabes lo que salió mal con la gente que intentó esto antes y no tuvo éxito?"

"No, ¿qué?"

"Intentaron dejar la aldea, pero regresaron porque en sus mentes ya habían aceptado que lo desconocido del bosque los derrotaría. Lo que debe preocupar a uno es que al dar un paso diferente de lo que dice la multitud es, si lo hicieran, ¿por qué podrían lograrlo? ¿Qué diferencia habrá? ¿Y cómo será beneficioso para ti y para todos los que te rodean? Necesitas entender que la iluminación espiritual necesita ser alcanzada en lugar del éxito físico; si te hace un mejor ser humano, si te hace sabio y si te hace conocedor, vale la pena luchar por ello," agregó Heraldo.

"¡Wow!"

"Hoy compartiré algo contigo que no le he dicho a nadie, ni siquiera a tu padre."

"¿Qué es eso, abuelo?" preguntó José.

"Mira, hoy soy un hombre viejo. Había muchas cosas que quería hacer en mi vida, pero no lo hice. No tomé muchas decisiones en mi vida porque temía el fracaso."

"¿Qué fracaso, Abuelo?"

"No lo sé; esos fracasos son desconocidos para mí porque nunca me arriesgué. También temía a lo desconocido y me privé de algo que podría haber resultado exitoso."

"¡Ooh!"

"Mira, José, habrá muchas personas que sólo estarán allí para desanimarte; sin embargo, unos pocos estarán allí para animarte. No olvides que la vida estará llena de gente que te seguirá desani-mando, que te dirá que no debes arriesgarte, y que te dirá que no vale la pena. Sin embargo, está en ti entender que algunas personas y algunas oportunidades valen su tiempo, en el camino de tu vida, encontrarás muchas personas que necesitarán tu ayuda y esto puede retrasar tu progreso, pero no significa que no los ayudes. Un ser humano exitoso se ayuda a sí mismo y a los demás que lo rodean, sólo su carácter, decisión y disciplina lo separará de las masas."

"Pero abuelo, ¿qué pasa si se me está acabando el tiempo mientras ayudo a otros?"

"No se acabará. Todo sucede por una razón; sólo tenemos que aprovechar la oportunidad cuando llega. Eso es todo; la gente puede tratar de usarte para su beneficio personal sólo porque estás mostrando amabilidad, pero debes saber que tu amabilidad siempre será correspondida ya sea por la gente o por Dios."

"Bien, abuelo. Me siento con sueño ahora. Tú tienes mucho conocimiento y sabiduría que compartir; tus palabras me motivan mucho. Buenas noches."

"Buenas noches, José," dijo Heraldo mientras acariciaba las mejillas de su nieto, que entró en un sueño profundo.

El abuelo comenzó a mirar el cielo estrellado con el mismo brillo en sus ojos que José.

Luego dijo en voz baja: "Oh, José, sé que puedes; sólo tienes que estar convencido de lo que vas a emprender y ver el final antes de que llegue. Comprender que necesitamos tomar la decisión correcta en el momento adecuado. El tiempo vuela y envejecemos. Lo que podemos hacer hoy puede no ser mañana. Si no entendemos esto, esta vida será más difícil de vivir y más difícil de continuar; nada es peor que vivir con arrepentimientos."

Al día siguiente, José se despertó y, después de desayunar, se fue a jugar con sus amigos. Miró la gran puerta de la aldea que servía de salida al bosque. Se dijo a sí mismo: "Un día, cruzaré esta puerta y desafiaré lo desconocido."

Cuando José dijo esas palabras, no se dio cuenta que, a unos metros de distancia, un joven le oyó decir todo esto. Se acercó a él y comenzó a reírse en su cara.

"¿Quiénes eres? ¿Por qué te ríes?" preguntó José.

"En la aldea, soy más conocido como cara cortada.

¿Sabes por qué, muchacho? Porque, en una ocasión, abandoné la aldea y traté de cruzar el bosque buscando una mejor vida. Desesperado en mi salida después de unos días, me encontré a un león hambriento. En mi huida de la muerte, no presté atención y fui golpeado con una rama de un árbol que me dio esta herida y al sanar, se convirtió en una cicatriz," dijo cara cortada mientras señalaba una fea cicatriz en su cara. "Ni siquiera lo intentes, o prepárate para ser tratado peor que yo. ¡Jajaja! ¿Un muchacho como tú? Jajaja!"

José lo miró con sorpresa y confusión. Vio cómo se burlaba. Cuando sus amigos le llamaron para que volviera al juego, se fue sin decir una palabra. Sin embargo, lo que dijo cara cortada resonó en su mente.

Uno de sus amigos le preguntó: "José, ¿por qué tardaste tanto?"

José no respondió.

Lo sacudió y le preguntó: "José, ¿qué estás pensando?"

La sacudida trajo a José de vuelta a la realidad.

"Umm! Sólo pensaba en salir de los terrenos de la aldea."

En esto, el amigo comenzó a reírse. Reunió a los demás amigos y les dijo lo que José estaba pensando.

"¿Irás a través del bosque?" preguntó uno.

"Entonces buena suerte," dijo otro.

Todos se rieron, excepto José.

La mente de José estaba aturdida. Otros amigos más jóvenes que él hicieron una burla de este tema. Nunca había conocido su sensibilidad, pero ahora sí.

"Si regresas, los aldeanos te humillarán como a los demás. O tal vez caigas presa de los animales en el bosque. ¡Buena suerte en la lucha contra los tigres y los lobos!" añadió otro.

"Al igual que su padre, no volverá a aparecer por la aldea. Él también fue presa de lo desconocido del bosque. ¡Ja! Tendrás un final como tu padre."

En esto, José saltó sobre su amigo y comenzó a golpearlo.

Heraldo, que pasaba por aquí con otro aldeano que era el padre de este muchacho, intervinieron. Al ser informado de la situación, Heraldo le pidió a José que se disculpara.

"No lo haré," dijo José.

El abuelo le habló en un tono de voz autoritativo y le ordenó que se disculpara. En esto, José se disculpó, pero mientras la gente lo miraba con enojo, se alejó de la multitud. Corrió hacia la plaza del mercado, se refugió bajo un árbol y comenzó a llorar. Su abuelo, tratando de seguirle, vino tras él jadeando.

Lo sostuvo con sus manos mientras jadeaba. Debido a que el abuelo era viejo, necesitaba algo de tiempo para reponerse.

José comenzó a llorar. "¿Por qué yo, abuelo? ¿Por qué tengo que ser yo? ¿Por qué mi padre? ¿Por qué no el de otro?"

En esto, el abuelo lo abrazó y José continuó llorando mientras lo abrazaba. Luego, dijo: "José, ahora mismo sé que te sientes herido por lo que ese muchacho dijo sobre tu padre. Pero debes entender que eso no te da derecho a golpear a otras personas. La gente dirá muchas cosas y tendrás que soportarlas con cualquier efecto que tenga sobre ti."

José comenzó a llorar fuerte.

"Mi nieto querido, ya no llores más. No lo hagas" -dijo Heraldo mientras secaba las lágrimas de José.

Continuó: "¿Quieres saber algo, José? En el camino de tu vida, encontrarás gente que se burlarán de ti para hacerte sentir mal. Muchas veces actuarán con amabilidad, pero luego se burlarán de ti en tu cara. Sólo te pido que te mantengas alejado de esta gente. Muchos sólo quieren provocarte desánimo y tristeza."

"¿Pero por qué tienen que ser tan malos?"

"Porque saben que tienes el valor de romper todo tipo de barreras mientras que ellos temerán a lo desconocido toda su vida. No se moverán, no crecerán y no sobresaldrán. Por lo tanto, tampoco quieren que te muevas, crezcas o sobresalgas."

"Lo sé, abuelo. Estaba furioso. Abuelo, ¿por qué mi padre se fue y no ha vuelto? ¿Habrá caído como presa de lo desconocido? Han pasado cinco años, y he cumplido trece años. Si él está vivo, ¿Tu cree que me recuerda?"

Mucha gente del público estaba llorando, incluyendo a Sofía, Laura y Amanda.

Oliver tomó la mano de Sofía y le dijo: "Gracias a Dios que esto es sólo una historia, o hubieras llorado un río." Sofía se secó las lágrimas para dar espacio a más lágrimas en sus mejillas.

Uncle P continuó:

En esto, el abuelo dijo: "¡Oh, hijo mío! No sabemos qué le pasó, pero estoy seguro de que te recuerda. Estoy seguro de que está vivo. Tiene un corazón valiente como el tuyo y no puede caer presa de lo desconocido. Tú eras su felicidad y la fuerza motriz que lo mantenía atravesando todo tipo de obstáculos para que tuvieras un mejor futuro. Quería darte la oportunidad de soñar y tener un futuro mejor que el resto de la gente que vive en este pueblo. Después de que tu madre se enfermó y murió, tu padre no era la misma persona; no podía vivir la vida como antes; su cara se entristeció, su comportamiento y su carácter cambió. No era el mismo hijo feliz y servicial que vivía en el pueblo. También extraño a tu madre. Ella era mi deleite y la luz de mis ojos: siempre comprensiva y afectuosa. Pero debemos aceptar la realidad. Tu madre no está con nosotros, y tu padre dejó la comodidad y el pueblo buscando un mejor futuro para ti. Espero que un día lo vuelvas a ver. Aunque yo no esté vivo, él estará allí para cuidar de ti."

José enjugó sus lágrimas y dijo: "No abuelo; no puedes hablar de dejarme. Mi padre se fue, mi madre se fue, ¿y ahora tú? Nunca seré el mismo si te vas. Así que no tienes opción de dejarme."

Lágrimas cayeron de los ojos de Heraldo. José continuó: "Abuelo, si mi padre no viene, iré a buscarlo. Lo encontraré a cualquier precio. Aquí no es donde quiero pasar el resto de mi vida. No nací para vivir una vida normal. Al nacer de Macy y Hudson, no puedo ser una persona normal. Todos en la aldea están satisfechos y tienen miedo de dejarla. Esta extraña satisfacción se ha apoderado de su capacidad de pensar fuera de la aldea. No quieren progresar en sus vidas. No quiero quedarme aquí. Algún día saldré, me prepararé y regresaré para ofrecer un mejor futuro a la aldea, no sólo para mí, sino para todos. El gran desafío es salir de aquí y atravesar el bosque de lo desconocido. Es lo desconocido lo que la gente teme; la mayoría de ellos ni siquiera saben lo que hay en el bosque. Tigre y lobo son los nombres que han aprendido de nuestros antepasados, pero no saben nada por sí mismos. Sé que un día me iré y volveré para hacer de este lugar una ciudad de ensueño donde soñar no cueste nada y prepararse para un futuro mejor sea una oportunidad para cualquiera que lo busque."

"José, querido. Me siento honrada de que mi nieto tenga tanto que dar a las personas de su entorno, y que piense en todos. La gente dice que la Ciudad de los Sueños es un lugar con oportunidades para todos. Creo que, si la gente se da la mano, puede convertir cualquier tierra en una ciudad de ensueño."

Con esto, José abrazó a su abuelo y dijo: "No puedo agradecer a Dios lo suficiente por haberme bendecido con un abuelo como tú."

A partir de ese día, José planeó dejar la aldea para una vida mejor. Tenía un encanto diferente en sus ojos. Su cara se iluminó cuando veía las puertas de la aldea. Su abuelo lo puso a aprender las maneras de sobrevivencia: cómo cortar leña, encender un fuego, cocinar, lavar y limpiar. Empezó a equiparse para la autosuficiencia.

Entre las edades de trece a diecisiete años, se ofreció como voluntario para aprender a diseñar y construir casas. En toda la aldea, conocían a José por su experiencia en el diseño y la construcción de casas. Su creatividad lo distinguía de los demás diseñadores y constructores de la aldea. Cuando cumplió la edad requerida por la aldea, comenzó a supervisar la construcción él mismo. Aunque a los aldeanos les gustaba mucho su trabajo, José estaba decidido a dejar este lugar.

A menudo le decía a su abuelo: "Abuelo, una vez que encuentre una mejor vida fuera de los límites de esta aldea, volveré para mejorar la aldea. Si no quieren mejorar; entonces, te llevaré conmigo."

Heraldo siempre respondía: "Tú y tu padre pueden vivir fuera de este pueblo, pero tendrán que dejarme aquí."

José siempre le preguntaba por qué y él nunca le respondía. Sin embargo, José obtuvo la respuesta un día. José estaba en la obra cuando un niño vino corriendo y le dijo: "Heraldo quiere verte lo antes posible."

José corrió a su casa. Vio a su abuelo en la hamaca en una condición deteriorada, moviéndose y luchando por respirar.

"Abuelo, ¿qué te ha pasado? Traeré un doctor," gritó José mientras se sentaba al lado de su abuelo.

Heraldo lo detuvo sosteniendo su mano y dijo: "Esto no ayudaría José." Para mí, ha llegado mi hora. Quiero que seas fuerte. Quiero que persigas tu sueño. Este es mi último deseo. Entiérrenme aquí, en esta aldea, al lado de Macy. Le agradezco mucho por haberme dado un nieto como tú. Déjame atrás y sal en busca de lo mejor."

José comenzó a llorar.

"No, abuelo; ven conmigo."

"Te dije que tendrías que dejarme atrás. Esta enfermedad no se curará. Me llevará. Mis dieciocho años contigo fueron los mejores años de mi vida. Puedes tomar decisiones sabias por tu cuenta. No quiero que te impidas alcanzar tus sueños a causa de mi enfermedad.

Durante los últimos años, has aprendido a hacer tus propios diseños y a construir casas."

"Pero ¿qué pasa si necesito tu guía?" gritó José.

"Los que nos aman nunca nos dejan. Yo permaneceré vivo en tu corazón para siempre. Te miraré durante toda tu vida con Macy desde el cielo. Espero que algún día estés unido a tu padre."

Heraldo empezó a toser. José se levantó para buscar agua, pero el apretó la mano de José. No le dejó levantarse.

Continuó: "Necesito que me prometas que perseguirás tu sueño y te irás de esta aldea, y tienes que volver y visitar mi tumba. Vuelve y cuéntame la historia de tu victoria, y tienes que volver por tu gente y tienes que ayudar a cualquiera que necesite ser ayudado."

José comenzó a llorar. No dijo ni una palabra.

Heraldo sostuvo su mano con fuerza y dijo en voz suave: "¡Promételo!"

José respondió: "Lo prometo, abuelo. Haré todo lo que me has instruido, pero no me dejes ahora, por favor."

Con esto, su abuelo sonrió y comenzó a mirar hacia arriba. Sus ojos no se movieron.

Su agarre de la mano de José se mantuvo, pero su mano no tenía el mismo calor. José gritó, "¡Abuelo!" pero Heraldo no se movió. José liberó su mano de las manos de su abuelo y cerró sus ojos.

Ahora se ha reunido con su nuera en el cielo.

Hasta este punto, incluso Ariana y Oliver estaban llorando. Uncle P sonrió al ver un montón de ojos llorando en la tenue luz. Continuó.

Dos meses después de enterrar a su abuelo, José estaba listo para dejar la aldea. Muchos le pidieron que se quedara mientras otros se burlaban de él.

La gente le dijo que la Ciudad de los Sueños era un mito, y que perdería todo lo que tenía por algo que no existía. José sabía lo que estaba buscando. Sabía que los que no pueden arriesgarse son los que dicen que la ciudad no existe. Para la gente de sabiduría, la ciudad está más allá de los temores de lo desconocido. Hay que reunir el valor para enfrentar lo desconocido. Sólo los caminos difíciles conducen a destinos hermosos; el término *desconocido* crea un temor inexplicable. Cualquiera que supere el miedo a lo desconocido tiene derecho al éxito, pero superar el miedo a lo desconocido no es algo que se pueda hacer en cualquier momento.

Llegó el día en que José planeaba irse. Sólo se equipó con lo necesario para su viaje. Él estaba seguro de que, si necesitaba algo extraordinario, Dios lo enviaría a su manera. Todos vinieron a despedirse de él. La mayoría de la gente todavía trataba de detenerlo. José les dijo que ya había decidido y que su decisión era firme.

Al ver esto, cara cortada, desde la distancia, dijo: "Pobre muchacho; está cavando su propia tumba."

Las puertas de la aldea se abrieron y José salió. Estaba ansioso por buscar la Ciudad de los Sueños. José miró hacia atrás. Los aldeanos se quedaron en sus lugares. Deben haber pensado que José cambiará de opinión y volvería. José se acordó de lo que había dicho su abuelo, luego recordó a su madre Macy, y luego a su padre. Una lágrima corrió por su mejilla.

Respiró hondo y se dijo a sí mismo: "No José, no mires atrás; esta es tu oportunidad de marcar la diferencia."

Con esto, José siguió adelante. Los aldeanos que lo vieron moverse instruyeron a los guardias para que cerraran las puertas.

Comenzaron a hablar entre ellos: "Al igual que su padre, caerá presa de lo desconocido y no volverá jamás."

"¡Ah! Alguien ha maldecido a esta familia en el pasado, por lo tanto, o murieron en sus camas o se entregaron a lo desconocido," dijo otro.

José siguió caminando con su bolso. Después de caminar un tiempo, se detuvo en un punto con dos desviaciones.

"No importa cuán largo y difícil sea el camino, estoy dispuesto a hacer lo que sea necesario. Se lo prometí a mi abuelo y lo cumpliré. No me importa lo que sea lo desconocido. Porque si vale la pena preocuparse por ello, me desentenderé una vez que lo encuentre. De ahora en adelante, no seré el José común y corriente que estaba en la aldea, seré el José que marcará la diferencia para sí mismo y para los demás que lo rodean. El José, que siempre estará dispuesto a ayudar a los demás, de ahora en adelante mi mentalidad debe ser diferente, no importa si tengo que estar solo en este camino, lo seguiré de todos modos," dijo José.

Después de eso, tomó la desviación a la derecha, que lo llevaría a la Ciudad de los Sueños. Mientras pasaba a través de los arbustos en su camino, se hizo silencioso. No había ni siquiera un animal cerca. Podía oír el viento y sus pasos mientras pisaba la hierba, y luego sobre la madera rota, y luego sobre las hojas secas. De repente, escuchó algo en los arbustos, como si alguien se acercara. José tenía una lanza en su mano y asumió una posición de defensa junto a un árbol para protegerse.

"¿Quién está ahí?" gritó José.

Esa cosa que hacía el ruido se quedó quieta. José cogió una piedra y la tiró a los arbustos.

En eso, un joven de la misma edad que José salió corriendo.

"¡Podrías haberme golpeado en la cabeza!" dijo el joven.

"¿Quién eres?" preguntó José.

"Me llamo Jonatán, y soy un soñador, ¡Como tú!," respondió el joven.

José sonrió. Luego dijo sorprendido "¿Como yo?" ¿Nos hemos visto antes en algún lugar? Me resultas familiar" -dijo José.

"Tal vez, porque tenemos mucho en común."

"Sí, tal vez. ¿Podemos los dos caminar juntos sin estar de acuerdo?" preguntó José.

"Estoy de acuerdo," respondió Jonatán.

"¿Me has estado siguiendo?" preguntó José.

"No, no."

"¿De dónde vienes y adónde vas?"

"¡Voy a la espectacular Ciudad de los Sueños!" dijo Jonatán. Sus ojos comenzaron a brillar y su cara resplandeció.

"¿Y de dónde vienes?"

"¡Oh, vaya! Haces muchas preguntas. Lo sabrás con el tiempo, pero por ahora, debemos avanzar antes de que oscurezca."

"¿Debemos? No sé de dónde vienes y tampoco sé nada de ti. Necesito ser cauteloso. Necesito llegar a la Ciudad de los Sueños de todos modos, y no puedo comprometer nada en mi camino. Si te conviertes en un obstáculo, iré por mi cuenta y no dejaré que me acompañes," respondió José.

"No olvides que puede haber muchas personas en el camino que pudieran necesitar nuestra ayuda y no podemos negárselas. Podemos elegir no hacerlo, pero no deberíamos. No me cambiaré a mí mismo por las circunstancias. Tengo una cosa clara en mi mente. Necesito llegar a la Ciudad de los Sueños, pero no me olvidaré de la gente que puede necesitar de mi ayuda en el camino," dijo Jonatán.

José lo miró con una expresión perpleja.

"Se flexible para el camino, pero siempre se rígido para la meta," añadió Jonatán.

"¿Desde cuándo eres mi consejero?" preguntó José.

Jonatán sonrió.

"Veo que no has preguntado nada acerca de mí," dijo José.

"Para cuando esté en el camino, lo sabré" -dijo Jonatán con una sonrisa. Entonces empezaron a caminar.

Después de caminar por un tiempo, los dos muchachos tenían sed, y ya estaba oscuro. Vieron el límite de otra aldea a la distancia. Corrieron hacia ya. Los guardias de la puerta los detuvieron y les preguntaron: "¿quiénes son ustedes?"

José estaba a punto de decirle, cuando fue interferido por Jonatán.

"Somos residentes de otra aldea y estamos de paso; hemos estado caminando casi todo el día en este bosque y estamos cansados y sedientos; necesitamos un lugar donde pasar la noche. ¿Podemos quedarnos aquí antes de que estemos listos para continuar nuestro viaje de nuevo?"

Los guardias les concedieron un lugar para descansar en la aldea.

Entraron hambrientos y cansados, y se sentaron bajo un árbol. José tenía algunos panes que llevaba consigo de su pueblo, mientras que Jonatán no tenía nada.

Un aldeano al ver a los dos jóvenes se dio cuenta de que eran extranjeros y que no tenían dónde dormir. Les ofreció comida y alojamiento. Otros viajeros conocían a los residentes de esta aldea por su hospitalidad. Para ellos era un honor ayudar a los demás. José, que nunca había salido de su aldea, no sabía nada de ellos.

Al día siguiente, cuando José y Jonatán estaban listos para salir, una fuerte tormenta golpeó la aldea. Llámelo destino o un acto de Dios; ninguno de los dos podría irse.

La tormenta devastó casi toda la aldea. Muchas casas fueron destruidas y la gente se quedó sin hogar. Entre las casas destruidas se encontraba la casa del anciano de la aldea. Su nombre era Imari. Era una persona justa y leal; por el cual, había asumido la posición de anciano de la aldea. Imari tenía dos sobrinos a los que había criado. Uno de ellos era Deroc.

Deroc era un muchacho arrogante que nunca se preocupaba por los demás. Siempre estaba lleno de sí mismo. Le disgustaba ayudar a otros. Sólo ayudaría la gente si le beneficiaran.

Deroc tenía un hermano llamado Hathath.

Hathath era un individuo indeciso que se preocupaba por las consecuencias antes de tomar cualquier decisión. Después de que la tormenta amainó, José y Jonatán planearon continuar el viaje, pero viendo la situación de la aldea, Jonatán dijo: "¿Por qué no nos quedamos unos días ayudando a reconstruir esas casas? Esta gente necesita nuestra ayuda."

"No, no podemos. Si nos detenemos así en todas partes, moriremos antes de llegar a la Ciudad de los Sueños," respondió José.

José comenzó a caminar. Quería llegar a la Ciudad de los Sueños de todos modos. Había dejado atrás su vida establecida en busca de un futuro mejor y detenerse no era parte del plan. Después de caminar unos metros, José pensó que no podía dejar que el pueblo sufriera así; tuvo que regresar y ayudarlos.

Había mucho trabajo que hacer y se necesitaban semanas para reconstruir las casas. José y Jonatán ayudaron a reconstruir las casas. Durante este tiempo, pudieron hablar con Deroc y Hathath. José reveló delante de ellos que él y Jonatán iban a la Ciudad de los Sueños.

Después de haber llevado la construcción a su etapa de madurez, José y Jonatán dejaron la aldea. Deroc y Hathath también se fueron. Ellos querían encontrar la Ciudad de los Sueños.

Imari no impidió que sus sobrinos se fueran. Él era un firme creyente de que a uno se le debe dar libre albedrío para decidir entre el camino correcto y el equivocado.

Ahora había cuatro personas caminando hacia la Ciudad de los Sueños. Los cuatro se mantuvieron alerta todo el tiempo por miedo a lo desconocido. Hathath, que era el más joven de ellos, se quedó en el centro porque temía más a un ataque de lo desconocido.

Después de caminar todo un día, se detuvieron frente a un valle llamado el Valle de la Sombra de la Muerte. Los pobladores decían que quien intentaban cruzar se perderían y morirían de hambre y sed o serían presa de las especies salvajes.

Los cuatro acamparon frente al Valle.

"Si lo hubiera sabido, me habría quedado en la aldea. Me sentía más seguro allí que frente a este valle. Mira, estamos expuestos aquí.

Nadie sabría si morimos. El aullido de los lobos me asusta y si algo sucediera, no tendríamos a nadie a quien pedir ayuda," dijo Hathath.

"Por favor, no empieces. Debes entender que la vida está llena de desafíos y que siempre tendremos que enfrentarnos a ella y a nuestros miedos," dijo Deroc.

Los lobos aullaban más a medida que la noche se hacía más oscura. Las bestias salvajes salían más por la noche. Podían oír cosas que se movían en la oscuridad total. Después de un tiempo, encendieron una fogata y comieron la comida que llevaban consigo. Como estaban tan cansados, todos se durmieron enseguida.

Por la mañana, prepararon sus pertenencias y comenzaron a caminar. Caminaron unos cuantos pies, sólo para entender que el camino había terminado.

"Oh Dios, ¿qué debemos hacer ahora?" gritó José.

"Tal vez este es el final de nuestro viaje," dijo Hathath.

"Espera, déjame ver," dijo Jonatán.

Se adelantó para ver que se habían acercado al borde de un risco y no había forma de avanzar. El bosque estaba a más de cien pies de altura.

"¡Espera! Puedo ver un camino adelante que nos llevará al Valle de la Sombra de la Muerte," dijo Jonatán.

"Entonces, vamos. ¿Qué nos detiene? Continuemos nuestro viaje," dijo Deroc.

Pusieron a Hathath al frente para que los guiara por el risco. Hathath, un joven con un corazón frágil y el poder decisivo de un robot se detuvo en el camino donde el sendero se hizo más estrecho. Se negó a moverse. En ese instante, las rocas de la cima del risco comenzaron a caer; los cuatro podían oírlas caer cerca de ellas. Un derrumbe se acercaba a ellos.

Deroc gritó: "¡Hathath! Si todos morimos, será por tu culpa... has bloqueado el camino. Si tú mismo quieres vivir, ¡entonces muévete! ¡Dije que te muevas!"

"No puedo," respondió Hathath.

"Ustedes necesitan seguir moviéndose. No puedo mantener mis pies en este suelo por mucho tiempo. José, por favor, intenta pasar por encima de Hathath. Me caeré al vacío si ustedes no siguen moviéndose," gritó Jonatán.

Hathath tenía tanto miedo que no podía moverse. Había perdido la esperanza de vivir. "Este es nuestro fin, muchachos. Siento haber arriesgado sus vidas. Si no fuera por mí, ustedes lo habrían logrado." Con esto, Hathath se dejó libre para caer del risco.

En ese momento, José tomó la mano de Hathath y lo salvó. Se agarró a una roca y le pidió a Jonatán que pasara al frente de los tres. Ahora, Jonatán estaba liderando. Deroc siguió a Jonatán y luego vino Hathath mientras José le tomaba la mano y lo seguía.

"No mires hacia abajo. Mira hacia adelante si quieres que descendamos de este risco. No dejaré que mueras aquí, créeme" -dijo José.

Hathath asintió y luego comenzó a avanzar.

"Lo estás haciendo muy bien," dijo Deroc.

"No te detengas. Sólo sigue moviéndote, Hathath," añadió Jonatán, que ahora dirigía, gritó: "Tenemos que avanzar más rápido. Puedo ver las rocas moviéndose. No sé si comenzaran a caer o no."

Los cuatro aceleraron hasta que llegaron al final del risco. Después de bajar por el risco, se tiraron al suelo y comenzaron a respirar profundo.

"¡Oh, Señor! Estuvimos tan cerca de la muerte," gritó Jonatán.

"Esta es la supervivencia del más apto," añadió José.

Los cuatro se pusieron las manos sobre la cabeza después de ponerse en pies.

Este era el punto donde la gente si tenía la oportunidad de bajar el risco con vida, volvía a su aldea.

Ellos no tenían otra opción que entrar en el Valle de la Sombra de la Muerte. Los residentes de todas las aldeas vecinas decían que cualquiera que entrara en ese valle no salía con vida. Nadie ha vivido para contar la historia de lo desconocido. Era un valle donde la gente moría con sus sueños tratando de llegar a la Ciudad de los Sueños. La mayoría de la gente se sentía aliviada de que como nadie había pasado por este lugar, significaba que este valle era el fin último y que no existía un lugar llamado la Ciudad de los Sueños. El valle era un desierto y sólo troncos de árboles secos se podían ver.

A medida que avanzaban para entrar al valle, los cuatro podían oír chillidos y aullidos. Sin embargo, no se podía ver ningún animal. Pronto, entraron en el valle. Fue como el comienzo de un nuevo peligro. El valle tenía neblinas. Nadie podía ver nada más allá de unos metros. La temperatura era mucho más cálida que en el resto del bosque.

"Este lugar es inexplicable," dijo Hathath. "No podía creer que había un lugar desierto dentro de este bosque. ¿Cómo es que nadie se ha enterado nunca?"

"Quizás nunca alguien ha intentado atravesar este valle para llegar a la Ciudad de los Sueños," añadió Jonatán.

"Si vives para contarlo, entonces lo harás," gritó Deroc.

Pronto, empezaron a oír algo que se movía.

"Hay algo a nuestro alrededor, muchachos," dijo José.

"Manténganse alerta," susurró Jonatán.

La niebla que había delante de ellos se disipó, y vieron un animal que iba de una marca a otra.

"¡Está buscando comida!" gritó José.

"¿Qué hacemos ahora?" dijo Hathath. Fue la primera persona que entró en pánico.

"¡Oh! Hathath, prepárate," instruyó Deroc.

La bestia era enorme y tenía dientes largos. Sacaron sus lanzas para defenderse y luego trataron de ver por dónde había entrado la bestia. El animal había venido de un puente que parecía pequeño desde la distancia. Los cuatro comenzaron a correr hacia el puente.

"Muchachos, pongan todo su esfuerzo. Tenemos que correr rápido," dijo Jonatán.

"Agarren grandes ramas de árboles después que crucemos el puente, y juntos, con nuestras lanzas y las ramas nos enfrentaremos a esta bestia. Vamos todos a enfrentarla," dijo José en voz alta.

Todos actuaron según las instrucciones, excepto Hathath. El permaneció detrás de Deroc debido a que el miedo se apoderó de él. Vio la lucha que tuvieron José, Jonatán y Deroc para que la bestia huyera de ellos. Los tres estaban exhaustos mientras Hathath les aplaudía. No les gustó esto; aunque derrotaron a la bestia sin Hathath, todavía tenían que cuidarlo porque él no podía hacer eso por sí mismo.

Después de descansar un momento, continuaron el viaje. Se encontraron con otra aldea donde se quedaron un tiempo. Este pueblo era diferente del que vivían los dos hermanos. La gente de aquí era conformista, y cualquiera que se desviara del camino indicado era burlado; a ellos no le gustaba el desafío.

La Ciudad de los Sueños era como una mera ilusión para ellos y pensaron que la gente que no es capaz de vivir según las normas de la sociedad se embarcaba en un viaje para encontrar una ciudad que no existía y cualquiera que pensaba en ella sólo traía vergüenza a su familia.

Esta gente temía a los cambios. Ellos creían que desviarse del camino establecido sólo llevaría a la perdición. Cualquiera que hablara de una nueva idea era temido por los habitantes de la aldea y los custodios lo mantendrían encarcelado. Los aldeanos se ajustaban a las normas hasta tal punto que vivían en la miseria en lugar de tomar medidas en contra para ponerle fin.

Sólo tenían una respuesta para todo: "No podemos luchar contra lo que ha sido una tradición."

Los muchachos se quedaron allí y recogieron lo necesario para continuar el viaje.

"Deroc, ¿por qué no nos quedamos aquí?" preguntó Hathath.

"¿Qué te hace decir eso?"

"¿Cómo sabemos que la Ciudad de los Sueños existe? Si hubiera sabido que nos enfrentaríamos a tantos obstáculos, me habría quedado en nuestra aldea. Tengo miedo de continuar, si no sabemos lo que nos encontraremos en el camino, y si la Ciudad de los Sueños es una ciudad real o una fantasía. No puedo arriesgar más mi vida. He tenido mi parte de aventura; esto es demasiado para soportar."

"¿Entonces por qué viniste?," gritó Deroc.

"¿Cómo podría quedarme en nuestra aldea sin ti? Tenía demasiado miedo de quedarme allí sin ti" -dijo Hathath.

"No digas eso, porque eso no sucederá. No dejé ese lugar para volver. ¿Por qué quieres quedarte? No entiendo tus razones para tener dobles opiniones. Estos muchachos te salvaron, y ahora, ¿quieres tomar el camino fácil y abandonarlos? Por una vez, ni siquiera pienses en ellos. Piensa por un momento en la vida que puedes tener en la Ciudad de los Sueños. Dios no nos creó para vivir esta clase de vida. ¡El miedo no te llevará a ninguna parte! Después de haber viajado tan lejos y haber cruzado peligros, ¿todavía tienes el deseo de quedarte? No, aunque tenga que continuar solo, no volveré," gritó Deroc.

"¿Te atreves a dejarme en este pueblo?" Hathath tenía el mismo miedo en su voz.

"No te voy a dejar; quieres quedarte aquí porque tienes miedo de lo que pueda pasar después. Mira, la mayoría de la gente dijo que nadie podía cruzar el Valle de la Sombra de la Muerte, pero mírate a ti mismo; lo atravesaste. No has caído presa de lo desconocido. Si no decides lo que vas a hacer, mira como desaparezco en el bosque caminando hacia la Ciudad de los Sueños. Este es tu momento para decidir," dijo Deroc.

"No puedo vivir aquí sin ti. Estoy aterrorizado. Me temo que ya no puedo fingir que quiero seguir este viaje. Por mucho que me gustaría que se quedaran aquí, creo que debería dejarlos ir a los tres.

No he sido más que un obstáculo para ustedes tres. Ustedes son valientes; pueden lograrlo" -dijo Hathath.

"Te arrepentirás después. Me extrañarás, y tal vez no puedas volver a verme nunca más. Crees que podrías haberlo hecho con nosotros; pero no, elegiste quedarte. Esto te comerá por dentro por el resto de tu vida," dijo Deroc.

Hathath no dijo nada.

José y Jonatán estaban escuchando cada parte de su conversación. Finalmente, José intervino. "Si ya hemos comenzado este viaje juntos, terminaremos juntos."

"¿Por qué rendirse ahora que estamos cerca?" añadió Jonatán.

No importaba lo mucho que trataran de persuadir a Hathath, él había decidido esta vez. Se quedó en el lugar. Entre lágrimas y abrazos, Deroc se despidió de su hermano.

"Volveré por ti," dijo Deroc mientras se separaba de su hermano.

"No te preocupes. Estaré bien; ustedes lleguen a la Ciudad de los Sueños, y vivan la vida que quieran. Te amo," respondió Hathath.

José le preguntó si estaba seguro, ya que repetía continuamente lo mismo sobre la realidad de los aldeanos. Dijo: "Los residentes de este pueblo no tienen aspiraciones para mejorar y están acostumbrados a un estilo de conformismo."

"Lo sé, pero no soy valiente como ustedes tres. Márchense, no deberían perder el tiempo tratando de persuadirme." -dijo Hathath.

Después de estas palabras, José, Jonatán y Deroc continuaron el viaje, dejando a Hathath en la aldea del miedo, una aldea que está a sólo cinco días de la Ciudad del Sueño, pero ni siquiera sus habitantes estaban interesados en tratar de buscar un futuro mejor.

Después de luchar contra muchas bestias y de vivir en un clima estricto y en terrenos montañosos escabrosos; se abrieron camino hasta un punto en el que la Ciudad de los Sueños se hizo visible.

Este punto estaba en la cima de una colina que daba a una distancia de la ciudad.

Sus ojos se llenaron de lágrimas, y con la fuerza que les quedaba, continuaron hasta llegar a las puertas de la Ciudad de los Sueños.

"Ojalá Hathath hubiera venido con nosotros," dijo Deroc en voz baja.

"¡Wow! Nuestro sueño se ha hecho realidad; todos hemos hecho realidad nuestro sueño, juntos," dijo José mientras abrazaba a Jonatán y a Deroc.

"¡Valió la pena, lo logramos!" dijo Deroc con lágrimas en los ojos.

"Así es, llegamos," dijo Jonatán, su voz estaba llena de entusiasmo.

"Ahora que ya estamos aquí, ¿qué vamos a hacer?" Pregunto Deroc.

"Lo primero es buscar dónde podemos descansar, y luego ver dónde buscamos trabajo para cubrir nuestro sustento," instruyó Jonatán.

"Sí, estoy de acuerdo," dijo José.

"Estoy buscando gente que puedan trabajar en construcción de casas, ¿puede alguno de ustedes ayudar?" dijo un hombre que se acercó a ellos con la curiosidad de ver si estaban interesados en trabajar.

"¡Claro! Nos encantaría," respondió José. "Los tres estamos interesados."

Este hombre parecía familiar.

"¿Está todo bien, joven?" preguntó el hombre.

"Sí, señor. Estaba pensando en lo rápido que podemos comenzar a trabajar," trató de cubrir José.

"Entonces, síganme, tengo un día de trabajo y si lo hacen bien, puedo ofrecerles más trabajo," dijo el hombre.

Los tres lo siguieron. Después de unas horas, el hombre comprobó el trabajo que habían realizado hasta entonces. Quedó impresionado y les ofreció trabajo y un lugar donde quedarse hasta que pudieran valerse por sí mismos. José era el que tenía más experiencia en la construcción de casas. Por eso, el dueño de la empresa constructora lo envió a estudiar durante la noche mientras trabajaba durante el día. Hizo un trabajo tan bueno que después de cuatro años de estudio y trabajo con la compañía, fue ascendido a supervisor de grandes proyectos. Todo lo que hizo José floreció. Entonces, las habilidades que había desarrollado en su pueblo le ayudaron a conseguir su posición.

Los tres estaban viviendo la vida que querían. A veces José perdía el enfoque para hacer otras cosas que no tenían nada que ver con su profesión, pero Jonatán siempre estaba ahí como un buen amigo; nunca le dejaba desviarse.

Siempre estuvo a su lado para aconsejarlo, y decirle "Siempre piensa en las consecuencias de todas las decisiones que tienes que tomar en la vida, porque cualquiera mala decisión podría arruinar tu futuro." Le recordaba todo lo que habían pasado para llegar a donde estaban en la vida.

José mantenía en su memoria que el dueño de la empresa era una cara conocida. A menudo pensaba en la promesa que le había hecho a su abuelo Heraldo. Había cumplido la promesa de encontrar la Ciudad de los Sueños, pero aún no había encontrado a su padre. El extrañaba a Hudson, Macy y a su abuelo.

Su empleador, Edgar, un día lo encontró llorando y le preguntó sobre ello. Le contó su historia y que le había prometido a su abuelo encontrar a su padre, pero nunca lo hizo.

"Temo el hecho de que se me está acabando el tiempo y puede que nunca vuelva a ver a mi padre," dijo José.

En esto, Edgar le habló de sí mismo. "Querido joven, ¿quieres saber cómo llegué aquí? Dejé la aldea conformidad cuando mi esposa murió. Su devastada muerte me atormento por mucho tiempo. No quería recordar ninguna de las memorias que pudiera hacer extrañar más a mi esposa. Incluso dejé atrás un hijo que, durante ese tiempo, era un niño. Le prometí a mi padre que volvería. Tenía el corazón tan roto que, quería alejarme de ese lugar. Al llegar aquí y comenzar mi propio negocio, me cambié el nombre."

"Entonces, ¿por qué no regresaste?"

"Quiero hacerlo. Sueño con volver algún día. Extraño mucho a mi hijo. Lo dejé con mi padre que me prometió cuidarlo hasta su último aliento, pero nunca tuve tiempo de volver. Si muriera aquí mismo, en este lugar, moriría con un pesar: el de no haber vuelto a ver a mi hijo."

Para entonces, José había comprendido que este hombre era su padre Hudson.

"Ya has encontrado a tu hijo, pero nunca encontrarás al abuelo Heraldo. Déjame decirte que ha cumplido su promesa de cuidarme de la mejor manera y siempre te extrañaba a ti y a mamá. Ha sido enterrado al lado de mamá."

"Hijo, ¿eres tú?," gritó Hudson.

"Sí, sí lo soy, Padre."

Los dos se abrazaron y lloraron.

Esta vez, José miró al cielo de la misma manera que cuando era niño, dijo: "Abuelo, he cumplido mi promesa," y sonrió.

Después de varios años trabajando con su padre, José hizo que la compañía de construcción se convirtiera en la más reconocida en la Ciudad de los Sueños.

Después de muchos años viviendo su sueño, José decidió regresar a su aldea porque consideraba que ahora estaba listo para reconstruir la aldea y convertirla en un lugar donde sus habitantes también pudieran soñar. Esta era también una promesa que le había hecho a su abuelo, así que tenía que cumplirla.

A su regreso, no sólo estaba su padre con él, sino también Jonatán, su amigo inseparable. Deroc y unos cuantos peregrinos más que llegaron a la Ciudad de los Sueños de diferentes aldeas los acompañaron.

Pasaron por la Aldea del Miedo donde encontraron a Hathath de nuevo, y se detuvieron por un promedio de seis meses y ayudaron a reconstruir esa aldea. Enseñaron a sus habitantes a no ser dominados por el miedo. Ahora esa aldea se llamaba la aldea del Valor. Deroc estaba feliz de ver a su hermano de nuevo. Muchos de los que los acompañaban de vuelta a sus pueblos conocían otro camino que no pasaba por el Valle de la Sombra de la Muerte. Este camino era más rápido, y más corto. En poco tiempo llegaron a la aldea de Deroc y Hathath. Deroc se quedó con su hermano Hathath. Agradeció a José y Jonatán por reunirlo con su hermano. Les dijo: "nunca los olvidare. Iré a visitar tu aldea pronto."

Hubo una gran celebración para Deroc y Hathath. Para los habitantes era un honor tener a José y Jonatán con ellos y ahora; habían traído otro huésped con ellos. Este invitado era el padre de José. Ahora, con Deroc, el pueblo estaba destinado a mejorar. Después de muchos años trabajando con José y su padre, Deroc se había convertido en constructor de casas y estaba listo para enseñar a su hermano Hathath y a muchas personas del pueblo el mismo trabajo.

Después de salir de esa aldea, José, Hudson y Jonatán llegaron al lugar donde se habían reunido José y Jonatán.

"Ven conmigo para que conozcas mi aldea," dijo José.

"No, tú y yo no podemos ir más allá de este punto juntos... Fue un gran honor haberte acompañado todos estos años," respondió Jonatán.

"Entonces, ¿cuándo nos volvemos a ver?" preguntó José. Quería que Jonatán viniera con él.

"Siempre he estado contigo y siempre lo estaré," dijo Jonatán con una sonrisa.

"No lo entiendo. ¿Qué quieres decir cuando dices que siempre has estado conmigo?"

"Sí, eso es lo que dije," dijo Jonatán.

"¿No has notado que todos estos años, siempre he estado contigo? Te he estado ayudando sin importar lo que pase. He estado aconsejándote que evites hacer malas decisiones o alejarte del plan que el destino ya había preparado para ti. Siempre te he mantenido concentrado. Yo soy tu conciencia, y tuve que actuar de esta manera para aconsejarte siempre y asegurarme de que cada decisión que tomaras fuera la correcta. El destino ha guardado mucho para todos nosotros, y tenemos que hacer ciertas decisiones para aprovechar esas recompensas. Te ayudé a tu manera. Muchas personas no tienen una porque a veces se vuelven demasiado codiciosos o tienen demasiado miedo de correr riesgos; Deroc y Hathath fueron este ejemplo. ¿Por qué no compartí mi historia contigo? Porque no tenía un lugar físico donde vivir. Tampoco pregunté tu nombre y de dónde venias."

José recordó todos aquellos momentos en los que tuvo que decidir con sabiduría. Con lágrimas en sus ojos, se despidió de Jonatán su conciencia en forma humana mientras desaparecía entre los arbustos.

Mientras desaparecía, Jonatán dijo: "No lo olvides: siempre estaré ahí contigo."

Las personas que habían acompañado a José y Hudson se embarcaron en su camino hacia sus respectivas aldeas mientras que los dos se dirigieron a la aldea Conformidad.

"¡Vaya! Este joven me ha sorprendido. Nunca pensé que lo volvería a ver," dijo cara cortada cuando José entró en la aldea con Hudson.

José y Hudson dejaron a los aldeanos sin palabras. Algunos de ellos se adelantaron y les aplaudieron por su viaje de regreso a la aldea.

José llevó a Hudson a la tumba del Heraldo y Macy y dijo: "Mira, abuelo, cumplí mi promesa."

"El fin," dijo Uncle P.

Todos se quedaron en silencio. Unas cuantas personas empezaron a buscar aquí y allá. Después de algún tiempo, Uncle P dijo, "Para aquellos que todavía están pensando, déjenme darles el mensaje que se encuentra en esta historia.

"La aldea de la conformidad representa el lugar de comodidad en la vida de algunas personas. De hecho, la mayoría de las personas prefieren seguir luchando en el mismo lugar, aunque no sean felices. Ellos eligen esa forma de vida. ¿Por qué lo hacen? Porque tienen miedo de probar las nuevas oportunidades que la vida les ofrece. Esto sirve como un mensaje para todos ustedes: dense una oportunidad; se la merecen."

Uncle P continúo.

"La valla enorme que cerca la aldea de la conformidad es la zona de seguridad. A la gente le gusta vivir en esta zona. Llámalo una zona segura o una zona de conformidad. Muchas personas se sienten inseguras ante la idea de verse fuera de su zona de conformidad y comodidad. Por eso no quieren empezar un nuevo trabajo, un negocio, una nueva relación, tomar la iniciativa o mudarse a otro lugar, porque no saben cómo resultará todo para ellos; también temen a lo desconocido. Por lo tanto, prefieren permanecer en un estado de lucha por el resto de sus vidas. Nunca lo olvides: estás a una sola decisión de una vida diferente."

Todo el mundo escuchó atentamente.

Esta fue la parte en la que Sofía, Amanda, Oliver, Ariana, Jacobo, Aidan, Ariel y Emma pudieron relacionarse más.

Continuó: "El bosque representa lo desconocido que toda persona debe enfrentar. Ninguno de nosotros sabe lo que nos deparará el futuro, pero para explorar nuestras oportunidades, todos debemos permitirnos tomar esas oportunidades y explorar las tendencias y los potenciales de lo desconocido. Muchos temen dejar su lugar de conformidad y emprender algo nuevo en la vida; temen lo desconocido y, sobre todo, temen el fracaso. Tienen miedo del resultado que pueda venir con la decisión. Nunca sabrás el resultado si no lo intentas. Atrévete a soñar y a dar un salto de fe. Si no eres lo suficientemente valiente para decidirte, terminarás en tu lecho de muerte con muchos remordimientos. Como Heraldo."

En esto, Amanda miró a Jeffrey y sonrió.

"Cara cortada representa a aquellos que han fracasado en intentar conseguir algo en la vida. Estas son las personas que dejan que su propia experiencia moldee las elecciones de vida de otras personas. Desde que se encontraron con el fracaso, no pueden ver a otras personas tener éxito. Nunca olvides que nos corresponde a nosotros escribir un buen final para nuestra historia; la vida es nuestro lienzo. Podemos pintarlo como queramos.

"Cuando personas como cara cortada ven a personas que están decididas a perseguir sus metas, tratan de desalentarlas con palabras negativas. Intentan detenerlos. Lo triste es que la gran mayoría termina viviendo bajo las opiniones y comentarios de lo que otras personas dicen de ellos. La segunda mayoría son como cara cortada que han fracasado. Esa gente hace que otros entierren sus sueños."

Ante esto, Aidan y Jacobo se miraron el uno al otro, pero entonces, Aidan desvió su mirada.

"Una gran mayoría de los habitantes del pueblo representan a aquellos que nunca han tratado de lograr nada en la vida, y como nunca lo han hecho antes, ven a otras personas que tratan y los envidian. Esto se debe a que no creen en sí mismo y quieren que los demás terminen como ellos."

Ariana podía relacionarlos con los compañeros de su hospital.

"El pueblo de Deroc y Hathath representa una etapa en la vida de muchas personas que en su camino al éxito tendrán que detenerse y ayudar a otros a levantarse. Nos enseña algo importante acerca de ser un buen ser humano. Mientras tratamos de alcanzar nuestras metas en la vida, debemos estar siempre listos para ayudar a los demás; esto demuestra si nos queda suficiente humanidad o no y confirma si estamos viviendo o respirando. Nunca olvide que hay una diferencia entre la gente que vive y la gente que respira; alguien que está viviendo se preocupará por cómo están los demás a su alrededor mientras que alguien que sólo respira no lo haría.

"Deroc representa a aquellas personas que, en su camino hacia el éxito, no están dispuestas a ayudar a otros que han caído. Tales personas sólo respiran y no viven. Sin embargo, Deroc pronto comenzó a vivir después de conocer a José y Jonatán. Aquí es donde comenzó a ayudar a los demás y comenzó a sentir por los demás; una vez que las personas sienten por los demás es cuando viven.

"Hathath representa a los que siempre tienen miedo de arriesgar sus vidas; dejan que el tiempo no haga nada. Estos son los que con arrepentimiento. Recuerda mis palabras: el tiempo vuela y el tiempo nunca nos espera. Pasará y no lo sabremos. Siempre es ahora o nunca. Si tienes algo en mente, si quieres educar a las masas, si quieres poner tus ideas en marcha, hazlo ahora; ¡no esperes! A veces, empiezan bien, pero en el camino, lo desconocido les llena de miedo. Este miedo a lo desconocido les impide progresar. Prefieren no continuar el viaje y se detienen. Estas personas se arrepienten mucho más de que aquellos que nunca habían comenzado el viaje de perseguir sus sueños. ¿Por qué es así? Porque han vivido ambas cosas, saben lo que se siente al dar pasos hacia el éxito y también saben lo que se siente al fracasar al detenerse; están en la peor posición."

Entonces Uncle P se levantó de su silla y dijo: "¡Mi querido público! No te rindas; estás más cerca de tu destino de lo que puedas imaginar. Tal vez tu éxito está a la vuelta de la esquina, demasiado cerca. No te detengas. No teman lo que viene. Esto puede impedirte escribir tu historia de éxito por un centímetro. No dejes que el miedo se apodere de ti. No te hagas esta injusticia.

"El Valle de la Sombra de la Muerte representa el lugar donde muchos sueños han sido enterrados. Todos podemos relacionarnos con ello. Todos tuvimos que haber dejado algo en nuestras vidas. Por cualquier razón, todos tenemos al menos un sueño que tuvimos que enterrar. Enséñales a tus hijos algo diferente, enseñarles a perseguir sus sueños, enseñarles a no matar sus sueños. Hay gente que murió con sus sueños. No seas uno de ellos y no dejes que tus hijos se conviertan en uno de ellos. No dejes que tus sueños se vayan a la tumba contigo. Dales vida a tus sueños.

"Jonatán representa la conciencia, como ya he dicho en la historia; tu conciencia es la que te corrige cuando te equivocas y te anima cuando haces lo correcto. Deja que te guíe bien; no lo suprima bajo el ego, el miedo, la frustración o el exceso de confianza. Nuestra conciencia nos ayuda a tomar decisiones sabias; a veces, cuando queremos rendirnos, nuestra conciencia nos habla y nos dice que hagamos lo contrario, que la escuchemos, que la dejemos guiar. Vete a donde el camino te lleve.

"José representa a todas las demás personas -que, de hecho, la minoría que triunfa- representan a los que no prestan atención a lo que dicen las masas... son los que crean sus propios caminos y creen que la vida será cómo la hacen; estas son las personas que ganan.

"Como nota final, diría que ya has venido a este mundo bien equipado. Dios te ha provisto de la fuerza y de todo lo necesario para que puedas superar cada obstáculo y cruzar cada barrera en la vida. Dios te ha dado un cerebro que te ayudará a enfrentarte a cualquier cosa que la vida te ponga por delante. No eres menos que los demás a tu alrededor. Dios los ama a todos ustedes. Sólo tienes que entender que es el miedo lo que te retiene. Si no hay nada más, la gente teme que Dios los ame menos; siempre hay algún tipo de temor que los detiene. No dejes que tu miedo sea más grande que tus sueños. Te reto a que sueñes. Te reto a que hagas una vida que ames. ¡Los desafíos a vivir, y los desafío a vivir una vida libre de temor! Muchas gracias a todos." Estas fueron las últimas palabras de Uncle P.

Con esto, el público rompió su silencio con un aplauso y se puso de pie en honor a Uncle P al salir del escenario.

9

Propuestas

Después de que Sofía y Oliver escucharon la gran historia contada por Uncle P, se dieron cuenta de lo importante que es cambiar la perspectiva de mirar las cosas en esta vida. Ambos estaban seguros de dos cosas: una, que necesitaban avanzar, y dos, que eran perfectos el uno para el otro.

A menudo pensamos que avanzar significa dejar atrás a las personas de nuestro pasado, pero no es así. Nunca podríamos dejar atrás a las personas que amamos. Siempre se quedan en nuestros corazones. Al igual que los padres que perdieron un hijo y luego dieron a luz uno nuevo, ¿significa que han reemplazado al niño que murió? No, no lo hicieron; no le quitó su lugar al otro niño, ya que esto es irremplazable.

Lo mismo ocurre cuando alguien pierde a su cónyuge o a un ser querido; siguen adelante, pero no puede reemplazar a las personas perdidas.

Sofía y Oliver lo entendieron. Comenzaron a tratarse de manera diferente. Oliver ahora sabía que Sofía era la mujer con la que quería pasar el resto de su vida. Ella era la que lo amaría a él y a sus hijos incondicionalmente. Ella estuvo allí todo el tiempo; él estaba demasiado ocupado o era demasiado ingenuo para verlo.

Sofía entendió que todo lo que sucedió no conducía a pérdidas.

Puede que no sepamos por qué se nos infligen las adversidades, pero veremos cómo se convierten en algo viable y bueno. Un ser humano es tan impaciente que trata de encontrar razones y quiere ver resultados al instante. Olvidamos que la paciencia nunca se queda sin ser vigilada. Incluso en los tiempos más oscuros, nos damos cuenta, sólo si sabemos cómo encenderlo.

Necesitamos permanecer en paz cuando Dios hace que las cosas funcionen a su manera. Ninguno de nosotros sabe lo que nos deparará el futuro, pero Él sí lo sabe.

Sofía había encontrado un hombre que la amaría y respetaría. Ella quería niños desesperadamente, y Dios la había premiado con dos hermosos niños que correspondían a sus sentimientos por ellas.

Sofía y Oliver no hablaron mucho durante su regreso al apartamento de Sofía. Sin embargo, el ambiente estaba perdiendo la facilidad que tenía. Ambos habían permanecido en silencio durante mucho tiempo. Así que Sofía estaba mirando fuera del automóvil y sonriendo para sí misma.

"¿Te importa si te pregunto qué te hace sonreír ahora mismo?" Oliver rompió el silencio.

"¿Qué? No, no estoy sonriendo..." dijo Sofía mientras se sonrojaba.

"Estabas sonriendo, te vi," dijo Oliver.

Sofía sonrió.

"Ahora dime, ¿por qué sonreías?" preguntó Oliver nuevamente.

Sofía todavía que sonrió dijo: "¿Por qué? ¿No te gusta verme sonreír?"

"Sí, me gusta," dijo Oliver.

Ambos estaban dando pasos hacia el otro. Aunque estaban felices de hacerlo, también estaban asustados. Pensaban en ambos sentidos;

no podían dejar ir a una persona tan valiosa, ni podían apresurar demasiado las cosas para no perder sus encantos.

Se detuvieron en un semáforo en rojo. Otro automóvil se detuvo del lado de Sofía. Para evitar el curso incómodo de la conversación que habían estado tomando, Sofía miraba hacia su lado. En el automóvil había una familia de tres personas: un niño en su asiento de automóvil y una mujer que hablaba con su marido mientras el conducía.

Sofía sintió que se miraba en un espejo donde Carlos conducía, ella estaba sentada a su lado y su hijo adoptivo estaba sentado en el asiento trasero.

"¿Qué estás mirando?" preguntó Oliver.

"La familia que está en el otro automóvil," respondió Sofía.

"¿Qué pasa con ellos?" preguntó Oliver.

Sofía se volvió hacia él con un signo de interrogación en su cara.

"Como, ya sabes..."

"No, no lo sé. Dímelo tú" -respondió Oliver.

"Ya sabes. ¿O no?" respondió Sofía. Ella se puso a la defensiva.

"No lo sé; por lo tanto, tienes que decírmelo, Sofía." "Mira, no entiendo por qué estás haciendo esto Oliver, pero sé una cosa, tú sabes por qué los estaba observando."

El semáforo se puso verde y Oliver no tuvo tiempo de continuar. Empezó a conducir. Sofía dio un suspiro de alivio al ver que este tema no se seguiría tratando. Sin embargo, ella no esperaba lo que pasaría después.

Oliver paró el automóvil cerca de una heladería. Luego dijo: "¿Qué helado te gustaría?"

"¡Umm!, ¿Vamos a parar por helados?"

"No siempre, pero sólo cuando lo necesitamos.

Ahora, dime, ¿qué sabor de helado te gustaría?" "¡Mantequilla de nuez, mi favorita!" dijo Sofía con una sonrisa en su rostro.

Oliver podía ver la emoción de una joven inocente en sus

ojos. Sonrió y Sofía comenzó a sonrojarse. Entonces Oliver añadió, "Nunca te había contemplado de cerca, y ahora, me doy cuenta de que eres una mujer hermosa."

Sofía no respondió, y comenzó a mirar hacia abajo. Oliver fue a comprar los helados. Oliver volvió con helados de mantequilla y nuez para Sofía y vainilla para él. Sofía comenzó a comer con entusiasmo. Oliver vio lo inocentemente que saboreaba el helado. No parecía esa mujer madura que cuidaría de sus hijos. La veía como una joven esta vez. Era una joven inocente demasiado delicada para ser expuesta a la dureza de este mundo. No fue hecha para enfrentar las duras realidades de la vida. Era alguien que necesitaba protección, que necesitaba seguridad y que necesitaba amor.

Cuando Sofía se dio cuenta de que estaba siendo observada continuamente, levantó la vista y dijo: "¿Qué estás mirando?"

"A Ti," respondió Oliver.

"Umm! Lo sé, pero ¿por qué?" preguntó Sofía.

"Sólo te veo comer helado," dijo Oliver.

"¡Bien!" respondió Sofía con asombro.

"Una cosa más," dijo Oliver.

"¿Y ahora qué?" preguntó Sofía con preocupación.

"Acerca de por qué estabas mirando a esa familia en el automóvil a tu lado." Oliver llegó rápidamente al punto.

"Por favor, no saques el tema," suplicó Sofía.

"¿Por qué?"

Sofía no respondió.

Oliver entendió que ella guardaba algo en su corazón que la había quemado durante mucho tiempo. Entonces Oliver le cogió las manos. Esto fue cuando Sofía rompió a llorar.

"¿Por qué has sacado el tema?" Lloró.

"¿Fuiste capaz de ponerlo a descansar?" preguntó Oliver.

"¡No! no, todavía no." Sofía estalló en llantos. "Cada vez que trato de ponerlo a descansar, simplemente no sucede. Yo estaba viendo lo privilegiada que era esa mujer. Ella tiene todas las recompensas de este mundo. ¡Esa podría haber sido yo!"

Con esto, Oliver se adelantó y la acercó para darle un abrazo.

"No llores más Sofía. No tenemos las respuestas a todas las cosas que pasan en este mundo, pero estoy seguro de algo. A través de todo esto, algo hermoso surgirá. No quiero que lleves esto contigo toda tu vida."

Sofía sostuvo su camisa mientras lloraba.

"Estuve tan cerca de conseguir todo esto, muy cerca. Carlos y yo habíamos llegado a un acuerdo para adoptar un niño y mira lo que pasó. Un conductor ebrio destruyó mi mundo en un momento y me ha dejado sola en este mundo. No sabes lo desesperada que estaba por darle un hijo a Carlos, pero Dios no me dio una oportunidad. ¿Por qué tenía que ser yo?," gritó Sofía.

Oliver le secó las lágrimas y le dijo: "Mira, Sofía, pronto te darás cuenta de que cualquier cosa que pase tiene una razón detrás. Dios tiene planes para todos nosotros. La muerte de Carlos es una gran pérdida, y nadie podrá reemplazarlo en tu vida. Lo entiendo totalmente, pero tendrás que mirar hacia adelante y tendrás que seguir adelante."

Cuando Sofía escuchó esto, se levantó y comenzó a secarse las lágrimas. Luego dijo: "Quiero vivir una vida feliz."

"Sé que quieres, y lo harás. Vamos a llevarte a casa" -dijo Oliver.

"Sí, por favor," dijo Sofía. Los ojos de Sofía estaban hinchados y con el borde rojo.

Cuando llegaron fuera de su apartamento, Sofía dijo,

"Me tomé mucho de tu tiempo, Oliver. Gracias por todo."

"No, gracias. Debo admitir que fue un buen momento. Gracias por sacarme de mi zona de comodidad," dijo Oliver.

"Eres un buen hombre, y un buen padre. A cualquiera buena mujer le gustaría tener un hombre como tú como marido."

Sofía salió del automóvil, y luego Oliver. Acompañó a Sofía a la entrada de su apartamento en el primer piso. Antes de entrar en su apartamento, ella lo besó en la mejilla. Él se sonrojó. Luego volvió a su automóvil y lo puso en marcha.

Por la mañana, Oliver estaba en la cocina haciendo café. Antonio y Leslie estuvieron en la casa de Betty. De repente, escuchó el timbre de la puerta.

"Espero que no hayas empezado a preparar el café," dijo la persona frente a la puerta.

Era Sofía.

"Lo estoy intentando. ¿Por qué?" preguntó Oliver.

"Porque me gustaría prepararte el café. Deberías sentarte," dijo Sofía mientras le indicaba que esperara. Sofía comenzó a preparar café para ambos y Oliver se sentó cerca del mostrador de la cocina.

"Conoces bien como preparar un café," dijo Oliver mientras sonreía. "Elizabeth siempre..." Luego Oliver hizo una pausa. Él no terminó.

"Ahora te toca a ti," dijo Sofía mientras le cogía la mano.

"No sé qué decir," respondió Oliver.

"Ya sabes. ¡Me gustaría escuchar tu historia!"

Mientras Sofía decía esto, llevó a Oliver a la sala de estar. Ambos se sentaron en un sofá con su taza de café y luego Sofía continuó. "Ahora sí, Sr. Abogado, estoy lista para escuchar. Estabas hablando de tu esposa, Elizabeth. Vamos. Adelante, por favor" -dijo Sofía con voz persuasiva.

"Como te decía, Elizabeth siempre me preguntaba qué haría si no estuviera cerca." Oliver se puso a llorar. "Solía decirle que eso no sucedería, y que la vería haciendo el desayuno en la cocina hasta mi último aliento." Luego, él tomó las manos de Sofía y dijo: "Sabes, ella siempre me preguntaba: ¿Y si cierro los ojos antes que tú? Siempre tenía miedo de este pensamiento. Oraba en silencio a Dios para que nunca llegara ese día. Estaba tan seguro de que nada de eso podría suceder. El día que conocí a Elizabeth, pensé, esta es la mujer con la que pasaré el resto de mi vida, y cuando le diagnosticaron el cáncer, no podía creer que esto le estuviera pasando al amor de mi vida. Leslie era pequeña. Mi corazón estaba quebrado cuando el doctor me dijo que el cáncer estaba avanzando día a día. El cáncer se estaba comiendo a mi amada por dentro. Un día, la vi tensa. Ella estalló en llantos. Se le caía todo el pelo, y cada vez que se peinaba, le salían más mechones. Un día se levantó y me dijo que quería afeitarse la cabeza."

En esto, Sofía también empezó a llorar.

"Oh Dios," dijo Sofía.

"Sí." Oliver también estaba llorando. "Sabes, le afeité su hermosa cabeza. Ella se estaba muriendo; mi amor se estaba muriendo," sollozó.

Luego continuó: "Nunca pude creer que ella me dejaría pronto. Todos los días cuando se iba a la cama, me acercaba a ella mientras dormía y escuchaba los latidos de su corazón y su respiración lenta. Siempre temería que pudiera ser en cualquier momento que intentara sentir su respiración y no pudiera sentir alguno."

Las lágrimas corrieron por las mejillas de Sofía y sobre las manos de Oliver, que descansaban en las suyas.

"Leslie me preguntaba por qué su mami siempre lleva un pañuelo, o por qué no podía correr con ella en el parque, y por qué visitaba a menudo al médico. Yo no tenía respuestas. No podía decirle que su mami no se quedaría con nosotros por mucho tiempo."

"Oh, Oliver, incluso tú has pasado por mucho, pero tampoco lo habías dejado salir," dijo Sofía. Ella llevó a Oliver a un abrazo.

Oliver continuó. "Tengo demasiado miedo de que la gente a mi alrededor se vaya pronto. No puedo permitirme la pérdida de seres queridos. No estoy hecho para eso."

"Nunca tendrás que volver a enfrentarlo solo," respondió Sofía.

Ambos se sentaron en el sofá durante toda la mañana y hablaron con sus corazones.

Una semana después, Oliver llevó a los niños y a Sofía al cementerio. Sofía tenía un ramo de flores en sus manos. Colocó las flores en la lápida y se hizo a un lado. Podía ver las lágrimas en los ojos de Oliver.

Leslie, que sostenía la mano de Oliver, fue y se sentó junto a la lápida. Antonio la acompañó.

"Te queremos, mamá," dijo Leslie.

"Siempre te recordaremos. Doy gracias a Dios por haberme dado una madre como tú, aunque no pudimos compartir por mucho tiempo, pero sé que ahora estás en el cielo," dijo Antonio.

"La abuela dice que tengo una sonrisa como la tuya, y eso me hace feliz porque tengo algo de ti," añadió Leslie.

Oliver y Sofía se miraron el uno al otro. Aunque los niños eran pequeños, habían hablado algo que habría hecho llorar a su madre si estuviera viva.

"Tu madre debe estar emocionada y honrada con esas palabras," dijo Oliver. Sabía que los niños pronto se pondrían a llorar, así que tuvo que cambiar sus mentes a otro lugar.

"Llévalos al automóvil, Sofía, y espérame allí," añadió Oliver.

Sofía asintió con la cabeza y se llevó a los niños con ella.

Entonces Oliver se sentó junto a la lápida. Él también tenía lágrimas en los ojos. "¿Viste lo cariñoso que son nuestros hijos? Tienen un corazón como el tuyo. Muchas gracias por ser mi esposa, mi amiga y mi consejera. Tú eras lo mejor que me había pasado. Dios me había bendecido contigo. Te veo en Leslie a diario. Mi amada y hermosa esposa, siempre te he amado... Nunca te olvidaré y siempre te guardaré en mi memoria," dijo Oliver.

Se secó las lágrimas mientras caían una tras otra, se levantó y volvió a su automóvil. Se sentó dentro, pero nadie dijo una palabra.

Pronto llegaron a la casa. Los niños salieron del automóvil por su cuenta, Sofía, y también Oliver.

"Estos niños están creciendo tan rápido," dijo Sofía para romper el hielo.

"Sí, lo están."

Antes de que entraran en la casa, Oliver detuvo a Sofía. "¿Te importaría cenar con nosotros esta noche?"

"Um..."

"¿Por favor?"

"Está bien, lo haré," respondió Sofía.

Por la noche, algunos colegas, amigos y familiares fueron invitados a la cena. La madre de Oliver también se unió a ellos.

"Umm, pensé que esta era una cena casual. ¿Hoy es un día especial?" preguntó Sofía.

"Pronto lo sabrás," respondió Oliver con una amplia sonrisa.

Esa noche, frente a todos, Oliver se puso de rodillas.

"Sofía, me he enamorado de ti. ¿Estarías dispuesta a ser mi esposa?"

Sofía se puso nerviosa y no sabía qué decir.

"Di que sí," dijo Betty.

Todos los presentes se rieron cuando escucharon a Betty.

"Sí," respondió Sofía, que se sorprendió. Ella también había desarrollado sentimientos por Oliver, pero no esperaba que todo esto sucediera tan pronto.

Sofía y Oliver se abrazaron.

Todos aplaudieron, y los niños estaban felices. Betty estaba llorando. Quería lo mejor para ambos y para sus nietos. Fue como un sueño hecho realidad para ella. Antonio y Leslie se acercaron y los abrazaron a ambos.

"¡Nuestra familia está completa! Yay!" dijo Leslie.

Oliver y Sofía la besaron en cada mejilla. Uno de los amigos de Oliver tomó una foto de este hermoso momento.

Tres meses después, Oliver y Sofía celebraron su boda al aire libre en un parque junto a un hermoso lago. El viaje del Sr. Anderson a Oliver había sido difícil, pero valió la pena.

* * *

Después de escuchar la historia de Uncle P, Ariel y sus padres salieron del edificio de la escuela con todos los demás. Vieron a su entrenador Jengo en el estacionamiento.

"¡Saludos, entrenador!" dijo Ariel.

"Oh, hola, Ariel, ¿estás aquí?" respondió Jengo.

"Sí, el evento valió la pena. ¿Cómo podríamos perdernos un evento así?" dijo Pedro por detrás mientras venía a estrechar la mano del entrenador Jengo.

"Necesito correr a casa. Mi esposa me está esperando. Tengo que llevarla a cenar," añadió Jengo.

"Oh sí, por favor dale mis saludos," dijo Jésica mientras se adelantaba.

"Sí, claro" -dijo Jengo. Luego añadió: "Ariel, me gustaría verte mañana a las diez en los entrenamientos."

A esto, Ariel tenía signos de interrogación en su cara y también sus padres.

"¡Para el entrenamiento de baloncesto, joven!" dijo el entrenador mientras le daba una palmadita en la espalda.

"Bien," respondió Ariel. No mostró mucho entusiasmo. Pensó que sus compañeros de clase todavía se burlarían de él.

Jengo se sentó en su automóvil y se marchó. También lo hizo Ariel con sus padres.

"¿Estás lista para la práctica, cariño?" preguntó Jésica durante el viaje en automóvil.

"No lo creo. Alberto y Joel se burlarán de mí otra vez. No quiero eso," respondió Ariel.

"No lo harán, Ariel. Date otra oportunidad" - dijo Pedro.

"Sí, ya veremos," respondió Ariel.

No hablaron mucho durante el viaje. Cuando llegaron a casa, Ariel corrió a su habitación.

"Espera, hijo mío," dijo Jésica.

"¿Sí, mamá?"

"Quiero decir algo. Es tu decisión y será respetada, pero no olvides que siempre estás a un paso de una vida diferente," dijo Jésica.

Ariel no respondió. Sólo escuchó.

Jésica le dio un beso en la mejilla y dijo: "No te presionaré más. Ahora es tu decisión. Buenas noches."

"Buenas noches, mamá." Con esto, Ariel se fue a su habitación.

A la mañana siguiente, eran casi las ocho de la mañana. Jésica y Pedro estaban tomando el té de la mañana.

"¿Crees que iría?" preguntó Pedro.

"No lo sé. Estaba desmotivado en todos los sentidos. No lo culparía si no lo hace," respondió Jésica.

Pronto, escucharon a alguien bajando las escaleras. Era Ariel. Estaba listo con su bolsa y llevaba su camiseta.

"Papá, necesito llegar a tiempo hoy," dijo Ariel.

"¡Ariel! ¿Vas a ir a la práctica?" preguntó Jésica con asombro.

"Sí mamá, como dijiste, estoy a una sola decisión de una vida diferente, así que he tomado mi decisión. No voy a renunciar," respondió Ariel.

"¡Estoy orgulloso de ti, hijo mío!" dijo Pedro. Se levantó y lo abrazó.

"Sólo danos cinco minutos; nos prepararemos e iremos juntos a dejarte para la práctica," respondió Jésica.

"Está bien. Esperaré," respondió Ariel mientras Jésica y Pedro se apresuraban a prepararse. Ariel tenía una confianza diferente ese día. Su cara estaba radiante.

Había decidido que no dejaría que nadie bajara su autoestima y probará que sus enemigos estaban equivocados.

Cuando Ariel llegó a la cancha, todos aplaudieron por la decisión tomada. Incluso Alberto y Joel vinieron y se disculparon.

"Lo sentimos mucho, Ariel," dijo Alberto.

"No debimos haberte lastimado así. Te necesitamos en este equipo," añadió Joel.

"Está bien. Acepto sus disculpas. Sin resentimientos. A partir de ahora, tenemos que asegurarnos de que el equipo llegue a la final y ganemos," respondió Ariel.

"¡Sí!" dijeron Alberto y Joel juntos.

Con esto, Alberto y Joel chocaron los cinco con Ariel y todos ellos se unieron a la práctica.

Al año siguiente, comenzó la temporada de baloncesto, y esta vez, la cancha de baloncesto de la escuela tuvo una mayor audiencia que el año pasado. Ambos equipos, los Jaguares de Jefferson y los Cohetes de Roosevelt, jugaron de forma específica y táctica. Excepto que esta vez, estaban en las finales estatales.

Ariel tenía el balón en su mano. Muchos jugadores del equipo contrario se interpusieron en su camino, pero él llevaba el balón con seguridad hacia la canasta.

El público se puso de pies. Fue la misma escena del año pasado. Ariel lanzó la pelota. Jésica y Pedro oraban en las gradas. El trabajo duro de Ariel y el juego en equipo dieron sus frutos. Ariel marcó el canasto de la victoria y cerró la temporada. Hizo que su padre, su madre y todos los que creían en él se sintieran orgullosos.

Si Ariel se hubiera rendido y no se hubiera dado una oportunidad, ¿hubiera realmente abrazado el trofeo bajo su mando como capitán del equipo?

Pudiera haber sido cualquiera en su lugar, y puede que no le hubiera importado si los Jaguares de Jefferson hubieran ganado el torneo o no, pero ¿podría sentir la misma confianza en sí mismo como la que tenía después de darse una oportunidad?

Lo que la mayoría no entiende es que tenemos que darnos

oportunidades. Sé todo oídos, pero no dejes que lo que digan los envidiosos te afecte el cerebro. Si seguimos lo que dice el miedo, también deberíamos estar listos para terminar donde el miedo no está; en ninguna parte.

Hay gente que nos desmotivaría. Porque no quieren vernos triunfar. No pueden pensar más allá de cierto punto; no pueden imaginar el progreso más allá de cierto punto. Ellos son los que se rinden demasiado pronto. ¿Eres como ellos? Esto es lo que tienes que decidir. ¿Por qué crees que no puedes hacerlo? ¿Por qué temes mostrar lo que se te da bien? Ariel era un joven que perseguía sus sueños. Todavía no es tarde para que lo hagan tú, no importa dónde estés en la vida y sin importar tu edad. Nunca es demasiado tarde para comenzar.

10

Mi Tierra me Llama

Todos dejaron el salón de eventos con una nota positiva. La historia de Uncle P motivó a la gente a mirar hacia adelante y explorar nuevas oportunidades en la vida. Ariana, como todos, salió con una sonrisa en su cara. Necesitaba este tipo de limpieza. Necesitaba este consejo; necesitaba a alguien que la empujara a dejar de temer el cambio. Ella ahora entiende que las cosas pasan por una razón. Tenía la mente clara para pensar en las oportunidades que la vida le había proporcionado.

Las hermanas y Lily se sentaron en el automóvil. Ariana comenzó a conducir.

"Fue un buen evento. Me encantó -dijo Laura.

"Sí, lo fue," dijo Ariana. Estaba sonriendo todo el tiempo.

Lily se había quedado dormida en el asiento trasero. Ya era tarde. Ariana y Laura también estaban cansadas, pero todas tuvieron un buen día. Ariana siguió haciendo escenarios a lo largo del viaje en su cabeza sobre las repercusiones que tendría que afrontar si tomaba una decisión para dejar su actual trabajo.

Las hermanas no hablaron mucho durante el viaje. Cuando llegaron a casa, se dieron las buenas noches y se fueron a la cama.

Ariana tenía que irse al día siguiente, que era sábado. Se levantó durante la noche. Cambió de posición, pero no pudo dormir. De repente, escuchó un ruido que venía de abajo. Se levantó, se puso su piyama y bajó las escaleras. Se dirigió a la cocina a través del oscuro pasillo. Alguien estaba en la cocina. Escuchó que el refrigerador se abría. Al entrar en la cocina, vio a Laura tratando de encontrar algo en el refrigerador. Laura también escuchó los pasos. Se levantó y se giró con cuidado.

"¡Ah!" dijeron ambos.

"¡Casi me asustas, Ariana! Oh, Dios, ¡estoy embarazada!" exclamó Laura.

"Escuché un ruido, así que bajé, lo siento no podía dormir," respondió Ariana.

"¿Qué? Bueno, tampoco podía dormir por mucho tiempo, luego comencé a tener antojo de helado, y mira, aquí estoy," dijo Laura mientras se reía con las manos en alto.

"Toma asiento. Voy a buscar el helado," dijo Ariana. Laura se sentó y Ariana sacó una tina de helado del refrigerador. Laura profundizó en su dulzura. Disfrutó de todo. Ariana la miró y sonrió.

"Ah, hermana mía, te irás en menos de quince horas," dijo Laura mientras la llamaba por seña para que le diera un abrazo.

"Tengo que hacerlo, Laura. Todavía no he decidido nada, pero seguro que iré a la página web del hospital y miraré las posiciones de trabajo que tienen disponible."

"Te extrañaré, hermanita. Espero que pronto vuelvas y vivas con nosotros; ya sabes, una familia siempre necesita estar unida. Somos las únicas que quedamos en el mundo," dijo Laura.

"Lo sé, Laura."

"Sabes, antes de que mamá muriera, me dijo que te cuidara, y que hiciera lo que tuviera que hacer por ti, pero ¿cómo lo haré si solo puedo verte una vez cada tres años?" preguntó Laura.

"Hermana, soy una joven adulta. Sé que te preocupas por mí, pero a veces no podemos hacer mucho por las situaciones en las que estamos," respondió Ariana.

"Podemos." ¿Por qué no? Puedes venir a vivir aquí," dijo Laura.

"¡Está bien, está bien! Lo pensaré, pero por ahora, vete a la cama" -respondió Ariana.

"¡Sí, lo sé! Estás tratando de evitar este tema. Pero no lo olvides: te llamaré a diario y te molestaré por esto. ¡Ha!" –dijo Laura mientras se levantaba.

Ambas hermanas salieron de la cocina. Laura fue hacia su habitación, y Ariana subió las escaleras.

"Fue un placer hablar contigo, Laura," dijo Ariana desde las escaleras.

"Lo mismo digo, hermanita." La voz de Laura se oía a distancia.

Ariana se fue a la cama con mucha más positividad.

Ella había empacado todo en su lugar.

Por la mañana, todos en la casa se despertaron con el sol. Fue un día bastante emotivo. Laura, que estaba esperando, lloró durante todo el tiempo. Ariana trató de animarla y le dijo que la visitaría pronto. Lily, como su madre, lloró y le rogó a Ariana que se quedara.

"Nos visitará pronto, y puede que incluso viva con nosotros," dijo Henry mientras secaba las lágrimas de Lily.

"¿Lo prometes?" dijo Lily.

En esto, Henry se quedó callado. No podía hacer una promesa por algo de lo que él mismo no estaba seguro.

"Esperemos lo mejor, querida," dijo Ariana por detrás. Lily la abrazó fuerte. Pronto se iría al aeropuerto.

Ariana regresaría a casa el sábado por la tarde. Mientras estaba en el avión, estaba pensando en nuevos cambios en su vida. Estaba lista para dar la bienvenida a las cosas nuevas. El avión aterrizó en el Aeropuerto Internacional de Orlando. Ariana tomó un taxi de vuelta a su apartamento. Cuando llegó al apartamento, le envió un mensaje a Laura.

"Hola hermana. Espero que estés bien. Me la pasé bien. Esto era algo que necesitaba. He llegado a casa a salva. Con amor, Ariana.

Ariana se duchó después de llegar a casa, se preparó un café y luego llamó a Margaret.

"Hola, Margaret. He vuelto," dijo Ariana con mucho entusiasmo en su voz.

"Me alegro," respondió Margaret.

"Tengo tanto que decirte," dijo Ariana.

"Entonces, adelante; ¿qué estás esperando?" dijo Margaret. Ella también quería saber cómo se sentía Ariana ahora.

"Tuviste una entrevista. Dime cómo fue," dijo Ariana.

"Umm, empezaré a trabajar para este nuevo hospital, Ariana. El paquete y los beneficios adicionales son mucho mejores que los que estoy recibiendo aquí."

"¡Eso es fantástico!" dijo Ariana. Estaba feliz de que Margaret tuviera un nuevo trabajo, pero el hecho de que se iría pronto la entristeció al mismo tiempo.

Ariana tenía sentimientos encontrados.

"Esta es mi última semana en el Hospital Jessie, Ariana; has sido una gran compañera para mí" -dijo Margaret.

"Margaret, no hablemos esto por teléfono. Estoy emocionada por ti y estoy triste al mismo tiempo; tu eres una de las pocas personas positivas en el trabajo. Te echaré de menos. ¡Oh, Dios! Ya estoy llorando," dijo Ariana.

"¡Oh, Ariana, eres literalmente mi mejor amiga!" respondió Margaret. "Me pondré en contacto contigo, porque estoy corriendo tarde para el trabajo," añadió.

"Claro, cuídate. ¡Hasta pronto!" dijo Ariana.

"Nos veremos pronto," respondió Margaret, y colgó.

Ariana entonces tomó su café y comenzó a reflexionar sobre la historia de Uncle P. Recordó la oportunidad de trabajo que se presentó en el hospital de Maryland. Entonces cogió su portátil, lo abrió y escribió la página web del hospital en el buscador. Lo había memorizado.

"Tu mejor amiga ya no trabajará contigo, Ariana," se dijo a sí misma.

Observó las posiciones en el hospital de Maryland y comenzó a pensar en la vida que podría tener.

¿Podré soportar toda la discriminación en el trabajo? pensó Ariana.

Aunque la Dra. Judith, la asistente del supervisor del Hospital Jesse, siempre la apoyaría, ¿podría oponerse a toda la discriminación y el odio de otros empleados? Esta preocupación sumergió a Ariana en una profunda reflexión y evaluación. Ella tenía que decidir; en Maryland, su hermana estaba esperando. Sin embargo, este era su primer lugar de trabajo, y se había quedado allí desde entonces.

"Que Dios me dé lo que es adecuado," dijo Ariana mientras cerraba los ojos.

Luego los abrió y comenzó a llenar la solicitud.

Subió los documentos requeridos a la aplicación.

"Esto fue todo," dijo Ariana. Ella había dado su paso.

Todo lo que podía hacer ahora era esperar. Cerró los ojos de nuevo y le rogó a Dios: "Oh Dios, si esto es bueno para mí, entonces llévame a ese lugar; si no lo es, entonces cámbiame de opinión, tú sabes lo que es mejor para mí." Con esto, continuó con su rutina.

Pasó una semana y no recibió respuesta. Después, el mes siguiente, Ariana revisó sus correos electrónicos una y otra vez. También su hermana Laura llamaba para saber si había cambiado de opinión. Ariana siempre le decía que no había cambiado de opinión, porque no había recibido respuesta del hospital de Maryland.

"Estoy embarazada de tres meses, Ariana. Quiero que estés cerca cuando dé a luz al bebé," dijo Laura.

"Aunque no me mude a Maryland, iré a ti cuando el bebé vaya a nacer. Cuida bien de ti misma y de tu bebé," respondió Ariana a través de la llamada telefónica. Ariana siempre pensaba para sí misma, "*¿qué pasa si nunca recibiera una respuesta? ¿Valdría la pena quedarme aquí?*" Después de cuatro meses de desesperación; una notificación apareció en su correo electrónico. Era del hospital de Maryland. Una notificación para una entrevista en tres semanas. Ariana se regocijó con esta noticia. Quería llamar a Laura de inmediato, pero decidió darle una sorpresa.

Llamó a Margaret y le contó lo del correo electrónico. Margaret se alegró por ella.

Ariana aterrizó en el aeropuerto de Baltimore dos días antes de la entrevista. Llamó a la puerta de Laura con su maleta. Sólo Henry sabía lo de la entrevista. Laura abrió la puerta, y esa sorpresa la alegró mucho al ver a su hermana nuevamente. Ariana tenía lágrimas en los ojos de alegría. Laura tenía un estomago más grande. Ambas hermanas se abrazaron.

Dos días después, Ariana fue a la entrevista y se le extendió una oferta de trabajo al día siguiente. Ariana entendió que siempre vale la pena esperar. Esta oportunidad de trabajo la había reunido con su familia después de mucho tiempo.

Lo que la mayoría de la gente no entiende es que es importante permanecer cerca de las personas que amamos, ya sea en nuestra familia o alguien que no esté relacionado con nosotros por sangre. La idea principal es permanecer cerca de aquellos que nos quieren y nos necesitan en sus vidas. Es importante sentirse amado. Si algo destruye tu paz mental, entonces no vale la pena. Buscando un mejor futuro, un mejor trabajo, o una mejor carrera, siempre es importante mantener tu paz mental y la de tus seres queridos como una prioridad. No hay que temer volver a empezar. Es importante pasar la página. Es importante ir contra la corriente y dar pasos, porque no tememos el cambio, sino que tememos a lo desconocido.

¿Era tan difícil de entender para Ariana que la soledad le estaba pasando factura? ¿Fue tan difícil de entender para ella que el lugar de trabajo le estaba quitando su felicidad?

No, no lo era... ella lo sabía, pero temía dar un paso.

Cuando llegaron los nueve meses, Ariana fue la segunda persona que sostuvo al segundo hijo de Laura. Era un bebé y Ariana fue la que le dio su nombre. Se llama Adriel.

II

El Garante

Después de escuchar la historia del despertar del alma de Uncle P, Jacobo, como cualquier otro oyente, se conmovió. La historia había reavivado su motivación y espíritu.

Él fue claro en algunas cosas. Primero, todos tienen diferentes opiniones y perspectivas de la vida. Todos tenemos que aceptar eso. En segundo lugar, incluso los miembros de nuestra familia pueden estar en desacuerdo con nuestros enfoques de la vida y las carreras. Tercero, no importa qué camino elijamos, siempre tendremos que luchar a través de las barreras y los obstáculos que el camino trae consigo, ya que sólo los caminos difíciles conducen a destinos hermosos.

Sabía que, aunque siguiera adelante con su idea, consiguiera el préstamo y comenzara su propio emprendimiento de restaurante, la iniciativa sólo aumentaría sus desafíos. No sería fácil, y aumentaría la presión sobre él. Con esto, también sabía que, si no tomaba la iniciativa y continuaba con su trabajo remunerado, lo lamentaría por el resto de su vida.

Su padre, Aidan, tampoco habló de camino al automóvil. El padre y el hijo se sentaron en el automóvil y Jacobo comenzó a conducir.

Aidan parecía estar pensando profundamente.

"¿Estás bien?" dijo Jacobo para romper el hielo.

"¿Qué?" respondió Aidan como si acabara de despertar de un profundo sueño. "¿Qué has dicho?"

"Has estado callado desde que dejamos el evento. Además, me he dado cuenta de que estás pensando en algo, ¿Qué es? ¿Estás bien?" Jacobo preguntó de nuevo.

"Sí, hijo mío, estoy bien. Estaba pensando en la historia de Uncle P. Espero que mi silencio no te moleste," respondió Aidan.

Jacobo sonrió a su padre y luego continuó conduciendo. No pudo evitar sonreír durante todo el viaje. La historia le había despertado el alma.

"Papá, tu silencio no me molesta. Que me hayas acompañado al evento me ha hecho feliz," dijo Jacobo mientras conducía.

"No, hijo mío, debo agradecerte que me hayas traído a un evento tan increíble. Todos necesitamos escuchar este tipo de historias y palabras en nuestras vidas," dijo Aidan.

"Me alegro, papá."

El automóvil de Jacobo estaba fuera de la casa de Aidan.

"Cuídate mucho, hijo mío," dijo Aidan antes de salir del automóvil. "Deberíamos tomarnos un tiempo para hablar de la historia," añadió.

"Sí. ¿Por qué no? Me encantaría," respondió Jacobo.

"Ven a desayunar mañana, o tal vez podemos hablar en un café. ¿Qué piensas?" preguntó Aidan.

La forma en que impresionó a una reunión aclaró que quería hablar.

"Um, papá, me encantaría, pero mañana no es posible para mí," dijo Jacobo.

"Oh, está bien," respondió Aidan. Con esto, finalmente salió del automóvil.

"Adiós, hijo."

"Adiós, papá."

Jacobo se aseguró de que su padre entrara en la casa y luego se fue.

Llegó el lunes y Jacobo estaba listo para visitar el banco. Miró su teléfono. Su padre no lo había llamado ni le envió ningún tipo de mensaje para desearle lo mejor. Vistió un traje que su padre le había regalado para que lo usara en su primer día de trabajo. Consideró que era un traje especial para él. Se miró a sí mismo frente al espejo, tomó las llaves de su automóvil y salió. Encendió el automóvil y se dirigió al banco. Siguió orando durante todo el viaje y también revisó su teléfono, como si estuviera esperando una llamada.

Jacobo llegó al banco. Aparcó su automóvil en el aparcamiento del banco. Tenía sus documentos listos. El proceso de préstamo era un procedimiento doble. La primera parte fue una entrevista con el gerente del banco. Jacobo ya había terminado la entrevista. Esta vez, el equipo tuvo que volver a revisar sus documentos y decidir si era digno de un préstamo.

"Sr. Miller," dijo el gerente.

"Sí, señor," respondió Jacobo.

"Espero que tenga todos los documentos en orden."

"Sí señor, lo tengo." Con esto, Jacobo le entregó los documentos.

"Puede sentarse y esperar a que nuestros analistas financieros revisen los documentos," instruyó el gerente.

Jacobo ocupó un asiento vacante en el pasillo. Revisó su teléfono y miró hacia la entrada, como si esperara que alguien viniera. Después de treinta minutos, el gerente del banco salió. La ansiedad de Jacobo estaba en su apogeo durante este tiempo.

"Puede venir conmigo, señor," dijo el gerente.

Jacobo asintió y se puso de pie. Siguió al gerente al cuarto de reuniones. Un equipo de analistas estaba al otro lado de la mesa. El gerente le pidió a Jacobo que tomara asiento. Él también se sentó en uno de los asientos vacíos de enfrente a la mesa.

"Gracias por su paciencia. Vemos que tiene todos sus documentos en orden. También nos satisface la propuesta que hace. Podemos ver potencial en ello," dijo el gerente del banco.

Jacobo pasó una leve sonrisa.

"Sin embargo, hemos estado discutiendo los riesgos que hemos visto en su proyecto. Como institución financiera, tenemos que cuidar el engranaje que pueda tener el proyecto."

"Si," añadió Jacobo.

"Para considerar su proyecto más adelante, no valdría la pena que nuestra institución tomara ese riesgo, ya que hasta ahora no ha puesto algo como colateral."

"¿Colateral?" Jacobo repitió.

"Um, sí. Colateral para que sepamos que en caso de que sus resultados no vayan en par con la propuesta y sepamos dónde podemos recuperar el dinero," dijo el gerente del banco.

"Me temo que no tengo nada que ofrecer como colateral," dijo Jacobo.

"Oh, hemos visto que tiene todos sus documentos en orden; tiene un crédito excelente. Hemos notado que eres un buen administrador y que puedes hacer un buen trabajo, pero ¿qué pasaría si las cosas no salen bien? Los negocios son arriesgados. Las ganancias son mayores, pero también lo son los riesgos. Necesitamos asegurarnos."

"Lo entiendo." La garganta de Jacobo ya se había secado. Sabía que lo habían rechazado y pensó que su padre tenía razón: era mejor que se quedara en un empleo remunerado.

"Por mucho que queramos ayudarte, me temo que nuestras manos están atadas. Esta vez, nos falta algo que podamos sostener de su parte para que nuestra institución se siente segura y pueda confiar en usted con los fondos. Si usted tiene alguien que le puede dar una segunda firma o tiene una casa o un negocio que puede garantizar, entonces estaríamos dispuestos a darle el préstamo. ¿Tienes a alguien que pueda hacerlo?" preguntó el gerente.

Jacobo estaba a punto de decir que no. Pensó que sus sueños se habían hecho añicos. No podía perseguirlos. Se aflojó un poco la corbata. Ya se sentía caliente en esa habitación con aire acondicionado.

Una persona entro en el cuarto de reuniones y dijo: "Siento haber escuchado toda la conversación, pero puedo ser el garante del préstamo."

La voz le era familiar, pero tenía que asegurarse. Jacobo se dio la vuelta para ver quién estaba allí. El gerente y el equipo de analistas también empezaron a mirar al hombre que acababa de entrometerse en la reunión.

"Disculpe, pero ¿quién es usted?" preguntó el gerente del banco.

Una enorme sonrisa apareció en el rostro de Jacobo y sus ojos se llenaron de lágrimas.

"Soy Aidan Miller, el padre de Jacobo. Puedo ser el garante." Aidan sorprendió a Jacobo.

"¡Papá!"

"Entonces, ¿estás dispuesto a convertirte en garante de tu hijo?" preguntó el gerente.

"Sí, lo estoy. Tengo una fe completa en él," respondió Aidan.

"Bien, Sr. Jacobo, ¿está dispuesto a aceptarlo como garante?" preguntó el gerente.

"Si lo está" añadió Aidan mientras le daba una palmadita a Jacobo en la espalda.

"Sí, Estoy dispuesto"

El banco preparó los documentos para ser firmados. Jacobo no podía creer que su padre viniera a ayudar, justo en el tiempo correcto, cuando más lo necesitaba. Sabía que Dios había respondido a sus oraciones, su padre le había creído y estaba tan cerca de perseguir sus sueños.

Jacobo, Aidan y el gerente del banco firmaron los documentos. Mientras Jacobo y Aidan salían del banco, no dijeron una palabra.

Una vez que salieron del banco, Jacobo dijo: "Papá, no sabes el favor que me has hecho. Literalmente siempre te deberé por esto." Tomó las manos de su padre y dijo: "Gracias, papá. Siempre has sido el mejor. Te quiero."

Aidan lo abrazó y le dijo: "No, hijo mío. No necesitas agradecerme. Creo en ti y sé que serás un empresario exitoso."

"¡Soy el hijo más feliz de la faz de la tierra, papá!" exclamó Jacobo.

"Hijo mío, me gustaría pedirte una disculpa. He sido tan poco acogedor con tu idea, pero temía un fracaso. ¿Y si terminas como yo? Se te rompería el corazón. Este es tu sueño. Serás golpeado gravemente. No puedo verte herido. Por eso, no apoyaba tu idea."

"Entonces, ¿qué te hizo cambiar de opinión, papá?" preguntó Jacobo.

"Tu espíritu de conquistador y la historia de Uncle P. He comprendido que debemos darnos otra oportunidad. Si no puedo tener éxito, entonces debería asegurarme de que lo tengas. ¿Por qué nuestros hijos deben guiarse por nuestros miedos? No, no mereces vivir este tipo de vida limitada. Te apoyaré hasta el final, hijo mío. Sólo da lo mejor de ti." impresionó a Aidan.

"También quiero disculparme. Lo siento, papá. He sido muy duro contigo. Sólo si hubiera podido entender tu punto de vista y ser más entendido. Gracias por todo. Necesitaré tu asesoramiento y apoyo para dirigir el restaurante."

"Siempre te apoyaré, hijo mío. Tu tuviste tus repercusiones, y todo lo que necesitábamos era dejar de imponer nuestros pensamientos y empezar a escuchar," dijo Aidan. Luego abrazó a su hijo.

"Quiero mostrarte el modelo de restaurante que quiero abrir. Para que te hagas una idea, es un restaurante social donde la gente puede comprar comida o algo para tomar y también tener acceso a Internet. Tendrán la comodidad del hogar. Incluso puedes ver películas en el restaurante si pagas una cierta cantidad," dijo Jacobo.

"Esta es una buena idea, hijo mío. Tus ideas son impulsadas por el enfoque centrado en el cliente. Tales ideas siempre funcionan. Me siento muy orgulloso de ser tu padre," dijo Aidan. Sus ojos se habían iluminado.

Jacobo continuó: "Este modelo de restaurante hará que la gente se sienta como en casa. Pueden disfrutar de un momento con amigos, familias o tal vez solos. Deseo crear algo que atraiga principalmente a los jóvenes y, en particular, a los estudiantes que deseen tomarse un momento para recrearse. Lo mejor para mi tiempo."

"Me gustan tus ideas, hijo," dijo Aidan.

Tanto Jacobo como Aidan caminaron hacia el estacionamiento.

"Llámame si necesitas ayuda," dijo Aidan.

"¡Lo haré!" dijo Jacobo mientras se despedía. Ambos se subieron a sus automóviles y se fueron a casa.

En el camino de regreso a su casa, Aidan no dejaba de pensar en las ideas que Jacobo había propuesto. Pensó para sí mismo que su hijo había crecido y estaba de pie. Admiraba su nuevo esfuerzo y también pensaba en su fracaso en el negocio de los restaurantes.

Cuando el automóvil se detuvo en el semáforo, Aidan se puso a pensar profundamente. Pensó en lo que había salido mal durante su tiempo, y pronto se dio cuenta de que Jacobo tenía razón: no se dio cuenta de que el mercado había cambiado, y pronto se quedó sin nada. Las escenas de como su restaurante había sido embargado comenzó a mostrarse frente a sus ojos, y pronto, un fuerte sonido de bocina lo trajo de vuelta a su sentido. El semáforo se había puesto en verde, y él estaba deteniendo el tráfico. Miró por la ventana del automóvil, "Lo siento" dijo y luego empezó a conducir.

Aidan pronto llegó a casa. Al llegar a casa, vio una llamada perdida de Jacobo. Lo llamó de nuevo, pero Jacobo no respondió.

"Lo siento, me perdí tu llamada, hijo. Llámame cuando estés libre. Con amor, papá."

Pronto, escuchó un golpe en la puerta. Fue a ver quién estaba allí. Era Jacobo. Abrió la puerta y dijo: "¿Hijo?"

"Sí, papá. Tan pronto como llegué a casa, pensé en pasar el resto de la tarde contigo y con mamá. Te llamé y pensé que estabas conduciendo, así que llamé a mamá y vine aquí," dijo Jacobo mientras se sonreía.

"¡Eso es genial, hijo mío! Entra. Cocinaremos para ella esta tarde," dijo Aidan.

"Me encantaría, papá." Con esto, Jacobo entró en la casa. Abrazó a su madre y luego los tres se sentaron alrededor de la mesa.

Jacobo les dijo cómo se sintió cuando esperó a que el gerente le informara si era elegible para el préstamo o no.

"Estoy orgulloso de ti, hijo mío," dijo la madre de Jacobo. "Quería que papá viniera para apoyarme y decirme que puedo tomar tal iniciativa por mí mismo," dijo Jacobo.

"Hijo, debería haberlo sabido antes, pero incluso si no habría aparecido, siempre confía en tus habilidades. No requiere la validación de nadie. Recuerda eso," respondió Aidan.

"Sabes, papá, me había jurado a mí mismo que incluso después del evento, si no me apoyabas, haría todo lo posible por conseguir el préstamo y luego te convencería de que me ayudaras. Mira, tengo el valor de ejecutar las cosas, pero tú tienes la experiencia y conoces la cocina, así que siempre necesitaré tu guía."

"Siempre te ayudaré, hijo. Siempre supe que podías hacerlo, pero como te dije, temía tu sufrimiento," respondió Aidan.

"No se preocupen, hombres. ¡Todo estará bien!" añadió la madre de Jacobo.

Los tres se rieron y luego el padre y el hijo cocinaron juntos. Disfrutaron de cocinar juntos y pasaron un tiempo de calidad en familia.

"Chef Jacobo y Chef Aidan, este es el mejor bistec que he comido en mi vida; felicidades a ambos," dijo la mamá de Jacobo. Tanto Jacobo como Aidan la abrazaron y Jacobo dijo en voz baja: "Oh Dios, gracias por este momento."

***

Dos días después, Jacobo recibió un cheque del banco por valor de 200.000 dólares. Se puso en contacto con los contratistas y la remodelación del restaurante pronto se hizo realidad. Era el mismo lugar donde su padre tenía su restaurante. Fue como un nuevo comienzo, pero con Jacobo. Esta vez, tenía todo: finanzas, el apoyo de sus padres y experiencia. La construcción se mantuvo en pleno desarrollo. Jacobo había empezado a hacer una promoción masiva para el restaurante. La gente empezó a hacer reservaciones para la gran inauguración.

Después de dos meses, el restaurante abrió. Jacobo saludó a todos y sirvieron bebidas gratis para todos los que asistieron. La gente dejó notas de agradecimiento al personal del restaurante por su buen servicio.

Al terminar la apertura, muchas personas se acercaron a Jacobo y lo felicitaron en persona.

Al ver eso, Aidan se volvió hacia él, lo abrazó y le dijo: "¡Hijo mío! ¡Estoy orgulloso de ti!"

Lo que Jacobo nos enseñó es que cuando hay una voluntad, siempre hay un camino. No deberíamos dejar que lo que otros dicen nos detenga. Nuestras opiniones pueden ser diferentes y pueden no entender nuestra visión, pero cuando conocemos nuestro potencial, nada debería detenernos.

12

Otra Oportunidad

Después de haber escuchado la historia de Uncle P, Amanda se conmovió, y también Jeffrey. No sabía qué decir. Ella había estado en el lugar correcto con el hombre adecuado. Había pasado mucho tiempo pensando que era su culpa lo que la había llevado a un divorcio desastroso. Su exmarido ni siquiera le habló una vez sobre lo que había ido mal, así que pensó que era su culpa. Se había estado castigando a sí misma durante mucho tiempo. Ya era hora, y había comprendido que la vida no le esperaría para tomar la decisión correcta. La vida se moverá y cambiará, y tenía que seguirle el ritmo.

Amanda tenía miedo de que la engañaran de nuevo, y sabía que, si le volvían a romper el corazón en pedazos, no podría volver a juntarlos y empezar de nuevo.

Jeffrey tampoco habló de esto.

"El evento estuvo interesante y fue muy significativo," dijo Jeffrey.

"Sí, fue un evento increíble. Para cualquier persona sabia, tenía muchas lecciones que aprender," respondió Amanda.

Ambos se dirigieron al estacionamiento y se subieron al auto. Jeffrey comenzó a conducir.

El viento se sentía fresco. "Por favor, no enciendas el aire acondicionado. Me gusta el viento. Disfrutemos de eso en el camino de regreso" -dijo Amanda.

"Como quieras," dijo Jeffrey mientras bajaba la ventana.

Amanda se inclinó hacia la ventana y miró fuera del automóvil. No hablo. Disfrutó del viento y sonrió durante todo el viaje. Siguió pensando en la historia, pero no dijo ni una palabra.

Pronto, estaban fuera de la mansión. Antes de salir del automóvil, Amanda dijo: "Durante tantos años en mi vida, he temido explorar un nuevo amor. Siempre temí la desilusión, y debido a la mala experiencia del pasado, me cerré las puertas de la felicidad a mí misma." Con esto, empezó a llorar.

"Oh, mi querida Amanda, ¿por qué estás llorando?" preguntó Jeffrey con preocupación.

"Después de haberme casado con un hombre que no me apreciaba y haber sido traicionada por él, estoy dejando ir al hombre que realmente me ama. ¿Por qué me hago esto a mí misma? Nunca merecí un hombre tóxico, ni sirvo para dejar ir a un buen hombre," exclamó Amanda.

Jeffrey le cogió las manos. Ella lo miró, pero no dijo una palabra. Jeffrey también se quedó en silencio. Ambos disfrutaron de este momento de silencio y tranquilidad a su alrededor. Ninguno de ellos dijo ni una sola palabra. Era como si hubiera llegado el momento de que ambos dejaran la soledad.

Amanda y Jeffrey habían entendido que estaban hechos el uno para el otro. La entrevista, el momento y el programa fueron establecidos por Dios. Lo escribió en el destino. El destino había guiado a ambos hacia el otro. Antes de esto, ambos vivían en diferentes partes del mundo, pero ni siquiera la distancia geográfica podía separarlos. Estaban destinados a serlo.

"Jeffrey, me gustas mucho. Siempre te he admirado. Me encantaría estar con un hombre como tú, pero el miedo se apodera de mi amor por ti." Amanda finalmente rompió el silencio.

"Amanda, todo el mundo en la vida necesita dejar los muebles viejos. No dejes que la soledad se quede. No dejes que te afecte; todos merecemos vivir una vida feliz. No dejes que el miedo te enjaule. Sólo tienes una vida, así que aprovéchala," respondió Jeffrey y luego le besó las manos.

Amanda se sonrojó. A esta edad, sintió un corazón como el de una joven que se conmovía por este acto de afección. Amanda entonces se inclinó hacia adelante y besó a Jeffrey en la mejilla. Al igual que Amanda, Jeffrey también se sonrojó.

"Muy buenas noches," dijo Amanda al salir del automóvil.

"He visto un ángel hoy" –dijo Jeffrey.

Amanda sonrió. Cerró la puerta del automóvil y empezó a saludar hasta que Jeffrey se fue. Caminó hacia la puerta principal de la mansión y entró. Encontró a Elisa durmiendo en el sofá. La despertó.

"Elisa, ¿por qué no te fuiste a la cama? ¿Por qué estás durmiendo aquí?" preguntó Amanda.

"Señora, la estaba esperando. ¿Cómo estuvo su noche"? -dijo Elisa con los ojos entreabiertos. Ella también quería saber si Amanda estaba bien con Jeffrey.

Amanda dejó escapar un suspiro. Se sentó al lado de Elisa y le dijo: "Sé lo que quieres saber y me he decidido. Procederé con este nuevo hombre en mi vida. Le daré a él y a mí una oportunidad."

"Oh señora, me alegro por usted," dijo Elisa mientras abrazaba a Amanda.

Amanda sonrió y dijo: "Me alegra saber que te alegras por mí, Elisa. Pero ahora, ve a tu habitación. Te dolerá la espalda si pasas más tiempo así en este sofá."

Elisa se sonrió y dijo: "Sí, señora," y fue a su habitación. También Amanda.

Al día siguiente, Amanda llamó a sus hijos. Ella les dijo que avanzaría en su vida y que le daría a Jeffrey una oportunidad. Sus hijos, que estaban felices, y también preocupados por si era el paso correcto o no. Sin embargo, después de unos meses, Jeffrey le propuso matrimonio a Amanda.

Amanda se dio a sí misma la oportunidad de vivir la vida que soñaba y de estar con alguien que la amara incondicionalmente. Amanda y Jeffrey vivieron una vida plena.

Podemos aprender de esta historia que no importa si pertenecemos al mismo lugar o a los mismos caminos de la vida; si nuestros corazones están en paz con cada uno, es el mejor logro que la gente puede tener en una relación.

Nunca debemos cerrar la puerta del amor para nosotros mismos. ¿Cómo se puede vivir una vida sin amor? ¿Por qué debería uno dejar ir a alguien que puede darle toda la felicidad del mundo? Todos tenemos una vida, así que ¿por qué vivirla con arrepentimientos?

✳✳✳

Emma, que asistió al evento con sus hijos, ahora comprendió que siempre tendría que salir de su zona de comodidad para lograr algo grande.

Es imperativo que el logro de nuestras metas requiera esfuerzos adicionales y alguien que quiera hacer una diferencia hará todo lo que sea necesario para lograr esa meta para hacer la diferencia.

Los hijos de Emma, que antes temían volver a Afganistán, ahora comenzaron a apoyar a su madre. Ambos entendieron que el miedo nunca nos permite crecer, y que el miedo sólo nos impedirá alcanzar nuestras metas. El miedo hace que uno se vuelva indeciso, y siempre estamos a una decisión de distancia de una vida diferente.

Los compañeros de clase de Emma que habían prometido ayudarla a regresar a Afganistán comenzaron con los preparativos.

Tan pronto como Emma se graduó de la Universidad Ronald como trabajadora social, la familia se regresó a Kabul, Afganistán.

Durante el viaje en avión, Emma y los niños se sentían nerviosos. Emma estaba tan cerca de que su sueño se hiciera realidad. Estaba dispuesta a ayudar a las mujeres de Afganistán y vería a su familia después de mucho tiempo.

El avión tocó los terrenos de Kabul. Emma y los niños estaban finalmente en casa. Emma tenía una extraña sensación en sus entrañas. No sabía si estaba feliz o triste. Estaba bastante abrumada. No sabía si acababa de llegar a casa o si había dejado su casa.

Después de haber recogido el equipaje, Emma comenzó a moverse hacia la salida, pero sus hijos no se movieron. Dejó el equipaje a un lado y preguntó: "Muchachos, ¿qué pasa? ¿Por qué no se están moviendo?"

"Mamá, no sabemos si será bueno," dijo Ibrahim, su hijo mayor.

"¿Por qué, hijo mío? ¿Qué te hace pensar así?"

"Mamá, el sentimiento es diferente. Hemos dejado atrás un lugar que nos dio refugio y seguridad. Esta tierra es muy familiar, pero muy desconocida," dijo su hijo.

"Entiendo tus sentimientos, hijo, pero ¿por qué dejas que te retengan? Estamos tan cerca de cumplir nuestro sueño. Volver a nuestra tierra es un nuevo comienzo para nosotros tres. Piensa que es como renacer. Depende de ustedes cómo den forma a esta experiencia, acepten lo que la vida les ofrece y estén decididos a marcar la diferencia. No digo que esta nueva vida será fácil, pero será algo por lo que valga la pena luchar."

Al oír esto, sus hijos asintieron y sonrieron. Emma recogió el equipaje y se dirigieron a la salida. Los vientos afganos golpearon a la familia. Emma respiró profundamente. Ella no sabía si podía ir con su familia o no. En realidad, no quería ir allí.

De repente, dos agentes de seguridad llegaron y preguntaron: "¿Eres Emma Dil?"

"Sí," respondió Emma.

Ibrahim y Ali se asustaron. ¿Cómo podía alguien en el aeropuerto saber de su llegada?

"Vengan con nosotros, somos de la Embajada Americana." Un oficial mostró su tarjeta.

"La Embajada Americana nos informó de su llegada. Hay un vehículo esperándolos y Mansur Kadal te ha enviado la llave de una casa que ha sido donada y amueblada por su familia como un gesto de honor para usted. Llevaremos sus maletas."

Con esto, los oficiales tomaron sus maletas.

"Síganos," dijo un oficial.

Emma agarró con fuerza las manos de sus hijos y siguió a los oficiales. Era como si a los tres se les hubiera concedido una nueva vida.

Emma miró al cielo y dijo: "Oh, tú que cuidas de nosotros, no nos dejes nunca, ¿qué haríamos sin ti?"

Emma sabía que volver a Afganistán les había abierto un nuevo capítulo en sus vidas. No sería fácil, pero tampoco imposible.

Después de establecerse en su nuevo hogar, Emma visitó la tumba de su fallecido marido con sus hijos.

Sus hijos comenzaron a llorar mientras estaban sentados junto a la tumba.

Emma se sentó junto a la tumba y dijo: "Te perdono."

Después de sentarse un rato junto a la tumba de su padre, Ibrahim se levantó y caminó unos quince pies desde la tumba de su padre. Emma, que no sabía lo que Ibrahim estaba haciendo, miró a su hijo. Ibrahim miró alrededor. Se dio cuenta que el cementerio donde estaba enterrado su padre era grande. Pensó por un momento, luego se dio la vuelta y regresó a donde estaba su madre y su hermano.

"Mamá, después de todo lo que hemos pasado y de todos estos

años de dolor, creo que hay un propósito para nuestras vidas. Dios nos ha enviado para algo," dijo Ibrahim.

"Yo también lo creo, hijo mío... nada en este mundo carece de razón," respondió Emma.

"¿Qué te hizo pensar así?" Ali añadió.

"La forma en que nuestro padre murió y este gran cementerio. Me gustaría volver a los Estados Unidos para estudiar medicina y luego regresar a mi país. Veo una gran necesidad de médicos en nuestro país. Muchas personas deben haber muerto porque no había suficiente ayuda médica para que sobrevivieran. Quiero ayudar a salvar vidas. ¿Cuánto tiempo vamos a dejar que la gente muera así?" dijo Ibrahim.

Emma tenía lágrimas en los ojos.

Luego continuó: "Mamá, puedes contar conmigo, porque nuestro regreso aquí es para '*desafiar lo desconocido con un Propósito*'."

Nota Final

De los relatos que se incluyen arriba, ¿qué aprendiste como lector? ¿No tenemos todos miedos que invaden nuestro corazón? Si algo nos impide tomar decisiones que pueden cambiar nuestras vidas en su totalidad, ¿por qué estamos tratando de dejar que el miedo a lo desconocido se apodere de nosotros?

Lo que tememos es lo desconocido, no la situación en sí misma. No sabemos qué nos deparará el futuro y a dónde nos llevarán nuestras decisiones, lo que nos hace temer.

Todos debemos entender una cosa: no podemos dejar que gane el miedo a lo desconocido. Más bien, tendremos que aprender el arte de desafiar lo a desconocido.

Gracias por acompañarnos hasta el final.

Comentario del Autor

Este libro es para motivarte a salir de tu zona de confort y tener un poco de valor para desafiar lo desconocido en tu vida. El miedo y el temor no te llevarán a ninguna parte y podrías perder grandes oportunidades en tu vida. Permanecer en el mismo lugar luchando una y otra vez con la misma situación es una elección, no tu destino.

Es posible que tu felicidad esté más cerca de lo que puedes imaginar. No cierres la puerta a nuevas oportunidades en tu vida, ni tampoco dejes que las voces negativas de personas que no han logrado nada en sus vidas te desanimen.

Puedes conectarte conmigo en:
https://www.alfredophipps.com
http://www.instagram.com/alfredoephipps
https://twitter.com/alfredoephipps
https://www.facebook.com/alfredoephipps
https://www.pinterest.com/alfredoephipps